神樂坂的緣分星期四。

平岡陽明——著
鐘雨璇——譯

ぼくもだよ。 神楽坂の奇跡の木曜日

YOMEI HIRAOKA

目錄

1

人是由吃下的東西，以及讀過的東西構成的。

這是書評家竹宮陽子的信念。

陽子早上一起床，就在被窩中向智慧音箱出聲：「ＯＫ，Google。告訴我今天天氣。」

「今天天氣晴朗，最高溫度是十七度。」智慧音箱傳出回覆。

「播放早晨的音樂。」

「好的。」

客廳傳來韋瓦第《四季》的〈春天〉。

安因此察覺到主人起床，衝進臥室。陽子能感受到牠瘋狂搖動的尾巴。

「早安，安。」

陽子一道早安，就被安舔了滿臉。她能聞到年輕犬隻健康的口腔氣味。還沒戴上背帶的安，就只是一隻愛撒嬌的拉布拉多獵犬。

一人一狗在通往客廳的走廊上，能聽到停在外面電線上的麻雀們，正在開心地引吭歌唱。秋高氣爽的早晨，是向所有生命獻上的美好贈禮。

陽子從冰箱拿出昨天買的小菜。梅子醋羊栖菜沙拉、蒜片辣炒青花菜、涼拌蒟蒻秋葵，這些菜色再配上不含添加物的沖泡式高湯，就是一頓三菜一湯的早餐。其實陽子更想買食材親手做菜，但對她來說實在太難。

值得欣慰的一點是，神樂坂這一帶有許多講究產地與新鮮度的小食材店，因此當季蔬菜和對身體有益的調味料都不用愁。不愧是一流廚師匯聚之處。

陽子給安放了飼料，一人一狗享用早餐。陽子慢慢咀嚼，一邊在腦中重溫昨天寄給出版社責編七瀨希子的書評。

人是由吃下的東西，以及讀過的東西構成的。用敷衍的食物隨便對待自己，就會成爲給人隨便印象的人；不知閱讀喜悅的人，於言談間也會給人無趣的印象。所謂的人體內有著一片海洋，說的並不單指水與鹽分的比例，同時是言語的海洋。如果不提供養分給這片海洋，女性到了三十三歲左右，就必須開始還之前欠下的債。這筆債會清楚地反映在膚況、交友關係，以及自我滿意度上——

書評的內容大致上是這樣。這是對一位女性散文家的新書寫下的書評，文章多少有些裝模作樣——畢竟好歹是商品——但也十分貼近年過四十的陽子實際感受。

陽子的書評最近變得有些接近專欄文章，因爲希子向她這麼建議：「我認爲陽子已經到了下一階段，可以試著從別人的肩膀上看看更遠的景色。」

用過早餐，陽子檢查電子信箱，發現收到了希子的回信。iPhone的閱讀軟體用獨特的腔調讀出信件內容：

「標題：太棒了」

「本文：收到稿子了，謝謝。稿子非常出色。我時常覺得光是陽子的書評本身，就已經算得上自成一篇作品了。要是渾渾噩噩過日子，我就要到還債的年紀，得小心才行！校完稿，我就會直接上傳。順帶一問，下週的午餐聚會可以再次選在『相思樹』嗎？」

書評每個月有兩次截稿日，日子定在每個隔週的星期四。沒截稿日的那一週，兩人便會固定在星期四那天，約在神樂坂吃午餐。

截稿日、中午聚餐、截稿日、中午聚餐。

陽子的一個月，就是圍繞著四到五次的星期四運作。

陽子回覆「沒問題」，臉上不禁浮現微笑，心想希子不過就是二十七歲，現在就擔心，未免太過焦急。不過對於在東京出版社全力工作的女性而言，六年說不定眞的倏忽即過。雖然陽子本身沒有類似的工作經驗，實在難以領會。不管怎麼說，書評得到稱讚，讓陽子鬆了口氣。

陽子走向廚房，哼著歌泡花草茶。大概是感受到陽子的好心情，只聽安嚶嚶輕哼，靠過來蹭陽子的腳。

「乖孩子。」陽子揉弄安的肚子和耳後。對安來說，這是寶貴的充電時間。摸完一通，陽子喝掉花草茶，換好衣服，替安穿上導盲鞍。安立刻停止撒嬌，進入工作模式。

「來去車站唷。」

陽子一邊穿鞋，一邊告訴安。導盲犬當然沒有類似汽車導航的功能，不過安完全理解「車站」指的就是地下鐵神樂坂站，也很清楚去車站的路線。

一人一狗搭電梯下樓，剛好遇到住在同一個市營住宅的老婆婆。丟垃圾的時候，對方總是順道來幫忙，聲稱「順手而已」。

「哎呀，要出門嗎？安眞是好孩子。」

向工作中的導盲犬搭話，其實是大忌，不過陽子還是用開朗的聲音回應：「是呀，要去高田馬場的點字圖書館。」

「今天天氣不錯，蠻適合出門的，路上小心喔。」

陽子點頭示意後，踏出步伐。以陽子和安的腳程，到神樂坂車站只要八分鐘左右。

即使安知道目的地，每到轉角，牠還是會抬起頭，等待陽子的指示。陽子便會出聲說「good！」誇獎牠。儘管這是一句安已經聽過不知幾萬次的固定句子，牠還是能透過這麼一句話，確認自己做對了，情緒也能因此安定。

不管是多小的事情，陽子只要留意到安的貼心舉動，就不忘說出「good」來讚美牠。在陽子不知情的時候，安想必也領著陽子避開許多障礙，因此陽子不過是在補償安而已。

陽子從握著導盲鞍的左手，感受到安的愉快心情。今天想必是個萬里無雲的大晴天。途經「相思樹」前的時候，陽子心中湧起一陣對下週午餐聚會的雀躍心情。

街道上處處飄揚著咖啡的香氣。此地的店家和準備上班的人們，想來都在養精蓄銳，準備面對工作。慢跑者的喘息聲從背後逼近，一路追過陽子，往前而去。

早晨時分的神樂坂，也會洋溢著生活的氣味。

這也是陽子最喜歡的氣味。

2

傍晚時分，本間在神樂坂坡下辦完小事，準備往上走回店裡。此時正是神樂坂大街即將被下班人潮塞滿的時刻。

像神樂坂這般，早晨與夜晚的面孔如此截然不同的街道，想來並不多見。早上還是純潔的少女，一到夜晚就搖身一變，化身成香水薰染，擦脂抹粉的女人。

尤其今天是星期五，街道上到處都是等待女方的男人，以及等待男方的女人。每個人似乎都想儘早沉醉在神樂坂猶如傾灑了香檳的夜晚氣氛之中。

本間突然感到一陣落寞。他在許久之前，便不再屬於街上這種充滿期待的氣氛。本間現在才四十歲，還不算老，但也不算年輕了。

本間走進小巷，再轉過一個轉角，便來到一處獨棟房屋和低樓層公寓林立的寧靜住宅區。神樂坂嫣然嫵媚的氣息並未在此流動。

然而，此處依然有亮著燈火的零星店家。亮著燈的或許是沒有招牌的法國餐廳、販賣陶藝作家作品的店鋪，又或者是低調的蕎麥麵名店。這種地方正可謂是神樂坂的特色。

由本間獨自經營的「舊書Slope」，也位於這樣的小巷的一角。店面很小，一如店名，是一家坐落於神樂坂坡道上的書店。

本間一回到店裡，就發現一名年輕女子站在店內看書。

「眞是抱歉。」

本間低聲道歉，撕下寫著「店長外出，馬上回来」的告示。

他從櫃檯後瞥了一眼那名女子。這差不多是她第七次來店裡了。本間從第一次見到她，就看出她是個愛書人。她的站姿與書架十分契合，對待書的動作也非常優美，而且絕對不會把包包放在書本上面。

此外，她經常買筑摩文庫（註）的書。喜歡筑摩文庫的女性不會是壞人，本間暗地裡稱她爲「筑摩文庫小姐」。

不過使她更令人印象深刻的，是在她右臉頰上的巨大傷疤。恐怕是燒傷之類的傷疤，蜿蜒凸起的紅色瘢痕，讓人見過之後，就難以從腦海揮去。

本間曾經在每次看到她的時候——雖然有些失禮——假想她的臉上沒有那片傷疤的情

註：筑摩文庫（ちくま文庫）是筑摩書房所發行的日本語文庫本叢書。

形。只要用腦內Photoshop（註）去除那片傷疤，一位相貌端正的美人頓時躍於眼前。

她現在的模樣也十分有魅力，不過要是沒有那片傷疤，恐怕來向她搭訕的男人，就會多到令她煩不勝煩，不知道要花費多少多餘的力氣才能打發掉。她的臉龐就是如此端正姣好，身型也好得引人注目。

她瞥了一眼手機，把書放回書架上，輕輕行了一禮，走出了書店，想必是今天與人有約。仔細一想，她平常總是穿褲裝，今天卻是穿裙子配高跟鞋。希望她的情人（或是候補情人）能連她的傷疤都疼愛憐惜，本間目送著她的背影想著。

——好啦，也差不多該關門了。

本間低頭看向腳邊堆疊得高高的紙箱，輕輕嘆了口氣。這些是他先前到府收購後就放著沒動的舊書。今天非得把這些書分類，整理出適合自家書店以及不適合的書，再一本本清理、標上價格。

——只是適合的書應該沒幾本就是了。

「舊書Slope」剛開張的時候，架上曾經擺過暢銷書籍。不過在幾年前，本間就把那些書跟以堆論價的書捆在一起，拿去業內拍賣出售了。所謂的舊書店，不論店有多小——或者應該說，愈是小家的舊書店——愈容易有店主個人書房化的傾向。因此在店內擺著自己不覺得有趣，也看不出文化價值的書，是一件對心理健康有害的事情。

——就算書賣不出去，起碼也要被喜歡的書圍繞著生活。

本間在過去的兩年裡，逐漸轉變成這樣的心態。日記、書簡集、隨筆、文學、民俗學、訪談、回憶錄，店內堆滿了這些合乎本間眼光的舊書。不管怎麼說，本間最喜歡能感受到「眞實聲音」的書。

本間走出店門，把牌子翻到「Closed」那一面。

他順便瞄了一眼設在外面的意見箱，不過裡面沒有任何來信。

註：影像處理軟體。

3

「相思樹」是一家印度咖哩餐廳。

陽子第一次來的時候，希子向她描述這家店「就像時髦的咖啡店一樣，很漂亮」。陽子自己也能感受到店內木質調裝潢的觸感。據說每次來店裡，都能看到爲了這家店，特地來神樂坂的客人。

兩人刻意稍微錯開午餐時段，蔬菜咖哩馬上就端上桌。希子聲稱自己每週都要吃一次這裡的蔬菜咖哩，不然打不起精神。陽子自己也覺得這裡的藍紋起司烤餅格外美味。

「最近假日的時候，總覺得自己都在盯著手機瞧。」

希子開口說道。

「瀏覽某某知名藝人和誰交往的消息，花了三十分鐘；接著去逛網路商店，又是三十分鐘沒了。接下來，如果又確認起Instagram，三十分鐘又這樣過去了。不但眼睛疲勞，還會增加多餘負擔，根本沒半點好處。」

「呵呵，看來看得見也是苦差事。」

「所以我在認眞考慮戒電子用品。照這樣下去，我只會自取滅亡。爲了把傷害降到最低，我需要封鎖垃圾娛樂新聞、朋友和名人的社交帳戶。」

「那可眞是大工程。」

「說起來，我們公司也開始說：『推動數位化的同時，也要深入類比世界。』最近好像就會有相關指示。」

「出版社感覺也是很辛苦呢。」

「就是說啊。」

陽子一邊回話，同時不忘留意指尖。免得太專心聊天而打翻杯子，不小心鬧笑話。

「就這一點來說，陽子的生活眞的很精簡樸實。」

「沒那回事，我只是因爲看不見，才被迫簡化生活。要是眼睛看得到，我也想在網路上購物，瀏覽各種新聞，還想做料理，或是穿著和服出門。」

「不過不這麼做的陽子，感覺和當下的極簡主義或斷捨離價值觀不謀而合。」

「恰巧相反，我其實想過老派的生活。不是說即使是停掉的時鐘，一天也會準兩次嗎？我的情形正是如此，只是剛好方向和時代一致而已。」

「對喔，陽子可是在高中生的時候，迷上白洲正子的人。當時安室奈美惠他們應該人氣當紅，我想沒幾個女高中生會說『我喜歡的作者是白洲正子』吧。」

「呵呵，大概吧。」

從希子用湯匙的聲音來聽，她盤內的食物所剩不多。陽子也加快進食速度，以免落於希子之後。

「陽子現在手上還有在忙什麼樣的工作嗎？」

「有所大學委託我替考題的點字校稿。」

「那是什麼工作呀？」

「爲了有視覺障礙的考生，考題不是需要翻譯成點字才行嗎？我的工作就是確認考題的點字有沒有缺字或錯字。」

「聽起來眞是厲害。」

「嗯，畢竟事關考生的人生，我也緊張得不得了。」

「眞是各式各樣的工作都有呢。」

希子佩服地說，再次動起湯匙。與此同時，對面另一桌的男女說著「好乖喔」的低聲交談聲，也傳進陽子的耳中。對方想來是在說趴在桌下的安。雖然不到安的程度，不過陽子的耳朵也比常人來得靈敏。

「再來就是有一場在仙台舉辦的視覺障礙座談會找我去。」

「好厲害，陽子簡直大紅人啊。」

「沒那回事，我能像這樣接到工作，都是多虧妳。我眞的很感謝希子。」

「哪裡的話，這是陽子自己的實力。」

希子總是這麼說，不願居功。不過以「盲眼女性書評家」的身分，將陽子介紹給世界，毫無疑問都是希子的功勞。

希子工作的出版社位於神樂坂，長期以來一直專注推動有聲書。由演員等朗讀作品，錄製成ＣＤ的有聲書，似乎在美國擁有廣大市場。在人口高齡化的日本，對有聲書的需求預估會增加。

原本在圖書銷售部門的希子，以身兼二職的方式被分派到有聲書企畫室。她在那裡進行市場調查，注意到全國點字圖書館收藏的數位有聲書，也就是所謂的DAISY讀本。

DAISY讀本並不只是單純的ＣＤ有聲書，而是可以從目錄直接跳到想讀的頁碼，也能改變朗讀速度的數位化圖書電子檔。

陽子喜歡讀點字書，但也喜歡下載聆聽DAISY讀本。義工朗讀的聲音會改變作品給人的印象。比如說歷史小說和冷硬派小說，由沙啞的男聲朗讀最有氣氛。其實朗讀的義工絕大多數是女性，由男性朗讀的作品因此更爲珍稀，受到大家的歡迎。

陽子會在部落格，發表「視障者的讀書感想日記」。

一天，她突然收到希子訊息。

「妳好，我很喜歡看妳的部落格。冒昧聯絡，實在不好意思，其實我是出版社的人——」

兩人書信往返的過程中，她們發現希子的公司和陽子所住的市營住宅相距不到五分鐘路程。於是兩人便約在神樂坂的赤城神社內的「赤城咖啡店」碰面。

兩人碰面之後，陽子吃了一驚。

和大部分的視障者一樣，陽子對於對方的氣場或波長之類的東西很敏感，而在她至今爲止遇到的人中，希子可說是數一數二充滿正面能量的人。她在高中的時候，似乎曾是全國等級的空手道選手，頭腦很靈活敏銳。陽子還是第一次遇到這麼文武雙全的女性。陽子最後甚至開始覺得希子是「有如活生生能量景點的女性」。

只聽這位活生生的能量景點，開口這麼說道：

「妳有興趣爲我們公司的網站，寫一系列關於有聲書的書評嗎？」

陽子雖然有點不知所措，但還是接下了委託。不久，她便收到有如小山的有聲書，其中許多是日本近代小說。陽子一本本開始聽，由於她聽慣了DAISY讀本，所以「用耳朵讀書」對她來說不是難事。相反地，她相當樂在其中。聽到後來，陽子逐漸感受到過往小說所擁有的懷舊感與哀愁的魅力。

然而，將這份感受付諸文字，卻是一件令人害怕痛苦的差事。陽子實在不認爲自己的文章足以登在老字號出版社的網頁上，並讓讀者滿意。

打文章對陽子來說，也不是一件易事。

陽子原本是靠鍵盤上的FDSJKL六個鍵，打出點字文章。在電腦朗讀軟體普及後，她學會一如字面意義的盲打，成功地像明眼人一樣打字。陽子會讓朗讀軟體閱讀出聲，再一一打字輸入。

陽子也沒辦法像明眼人一樣校稿。她會在腦中推敲，直到近乎完美才開始動筆，避免事後修改。即使如此，還是有難以避免的文字變換錯誤，因此會由希子校正後再刊登。

習慣這樣的稿件往來，希子對陽子這麼說：

「把一般新書也列進書評的對象吧，這樣頁面瀏覽量也會增加。」

暢銷書籍在視障者之間的需求也很高，因此會在全國志工的努力下，優先轉成DAISY讀本。

陽子在書評連載中，曾經針對年輕視障者的「點字閱讀量下降」，以及社會一般年輕人的「閱讀量下降」進行探討。其實在全國三十萬人左右的視障者中，只有約一成的人能閱讀點字。隨著DAISY讀本的普及和科技進步，愈來愈多年輕視障者脫離點字，還有不少年輕人表示「只有在標籤分類的時候才會用到點字」。隨著語音輸入軟體的準確度提升，今後的點字使用度想來也會愈來愈低。

陽子在希子的提議下，針對這點探討，讓她開始受邀參加視障者座談會和演講。

陽子打從心底感到喜悅。

她第一次感到自己在社會上有了一席之地。

正因如此，對陽子來說，連載是她絕不相讓的寶座，這是她與社會對接的唯一窗口。儘管只是短短一千兩百字的書評，陽子卻總是想到腦袋快要冒煙。她認爲要這樣才能和一般人站在同樣的起跑點上。

因此當希子誇獎她的稿子時，陽子十分開心，覺得獲得繼續待在這裡的許可。

陽子會搬到神樂坂，是因爲有人介紹了距離點字圖書館近，提供房租補貼的市營住宅。不過現在她開始覺得自己來到神樂坂，其實是爲了與希子相遇。雖然實際上是網路連接起兩人，不過正是因爲兩人的職場和住處近，才能實現每週四的午餐之約。希子想必是替難以獨自在外用餐的陽子著想，才會有此提案。

服務生送上了飯後的咖啡。

久違的外食讓陽子心情愉快，肚子也充滿飽足感。

「對了，我記得陽子的媽媽是服裝造型師，對嗎？」

希子的隨口一問，讓陽子的幸福感瞬間消散。

「怎麼突然這麼問？」

陽子感到胃部一揪。

「其實最近我們家的時尚書籍難得熱賣，因爲有在向書店推銷，所以想了解一下服飾圈的時尚世界大概是怎麼樣的感覺。」

「啊，原來是這樣……嗯，家母也有自己動手做過衣服。」

「好厲害！她過得還好嗎？」

「她已經去世了。」

「啊，對不起。」

「不，沒關係的。」

陽子好不容易才維持臉上的表情，盡可能用輕快的語氣回答。

「她是什麼時候過世的？」希子輕聲詢問。

「九年前，當時她五十幾歲。」

「還很年輕啊。」

是呀，如此應聲的陽子，端起咖啡杯喝了一口。

據說眼睛就和嘴巴一樣，能道出一個人的想法。陽子十分慶幸此刻自己閉著雙眼。

「說起來，最近還有什麼賣得不錯的書嗎？」陽子詢問。

「講高敏感度族群的書賣得還不差。」

「那是什麼？」

「講同理心太強的人的書。前陣子關於精神病態者的書不是賣得不錯嗎？這次就是在講剛好相反的內容。據說同理心太強的人，太容易對別人感同身受，或是對作品中的角色移入過多感情，還容易受到不好的地方影響，所以會活得很辛苦，真恐怖。」

陽子頓時覺得全身一涼，彷彿希子正在講自己。

「我想讀讀看那本書。」

「啊——但那本書大概還沒轉成DAISY讀本或是點字書。」

希子語帶歉意地回答。

「別擔心，點字圖書館有提供志工服務，能替人現場朗讀。我會看看那邊有沒有人能幫忙朗讀，能跟妳借那本書嗎？」

「哦，既然這樣，當然沒問題，我一回家就寄給妳。妳要是喜歡，下次或下下次的書評就以那本書爲主題吧。負責那本書的編輯想來也會很高興。」

4

隨著太陽西斜，街道兩側一排排房屋的陰影拖長，「筑摩文庫小姐」來到了店裡。來得巧啊，本間在心中喝采。他昨天晚上才一邊想著她的事情，一邊在書架上擺了三本新的筑摩文庫的書。

她一如往常直奔文庫區，毫不猶豫地拿起一本「新面孔」。她站著讀了一會，便帶著書走向收銀台。本間在心中比出勝利姿勢。每當這種時候，他就覺得自己和客人之間建立了完美的默契。

她付完錢之後，出聲說道：「可以請教一件事嗎？」

「請說。」對於出乎意料的展開，本間有點緊張地回答。

「對舊書店店長來說，最重要的工作技能是什麼？」

本間呆然張開嘴巴。這是他第一次聽到她的聲音，充滿知性，卻絲毫沒有挖苦人的感覺。說起來，她是說什麼？工作技能？

「這麼唐突，真的很不好意思，」她表示歉意。「我只是好奇要當舊書店店長的話，需要怎麼樣的能力。」

「能力嗎……」

本間考慮了一會後回答。

「首先，需要能夠綁書、搬書的臂力，也要有不停用橡皮擦擦去書上線條的耐心。不過最重要的，應該還是鑑定。」

「鑑定？」她睜大雙眼。

「是的。比方說這家店大約陳列了一萬七百本書，身爲店主，我必須要能夠說明每一本的標價原因。例如說這本書。」

本間從收銀台旁邊的書架上，拿起一本書名是《打鐵生活者們的紀錄》的書。

「這本書的標價是六千八百元。爲什麼這麼一本五十五年前問世，現在無人知曉的書會要價六千八百元呢？

「這本書的作者是一位寫的書不知道該算報導文學，還是研究著論的人物。說起來，他應該算是在野的田野調查學者兼記者。在部分愛好者之間，受到熱烈支持。

「然而，當這本書得到某個學術獎項時，發生了點小插曲。造成問題的原因是書中出現歧視用語。事實上，那個部分正是揭露『打鐵生活者』他們身分認同的重要敘述。

「不過說是歧視也沒辦法，作者和出版社只好心不甘情不願地刪去該部分，出版了第二版，書腰上還大大寫著『〇〇文藝獎得獎作！』。我曾經在五年前看到後來出的第二版，在保留書腰的狀態下，標價兩千七百元。」

「也就是說，這本書是首刷書囉。」

「是的。」

「而且因爲首刷印量不多，市面上的庫存也少，代表這本書具有稀有價值。」

「正是如此。」

本間滿意地點頭，覺得此刻的心情有如教到優秀學生的老師。

「這樣呀，每一本書也都各自擁有自己的故事。」

她環顧書架，流露出緬想的眼神，彷彿正在老家的佛堂，望著一張張祖先遺照。

「啊，那邊。」

她指著書架的一角。

「那邊好像都放著一堆有點難以親近的書，我之前就一直很在意。那堆書是怎麼樣的書？好像是用類別分類，但又好像不是……」

「眞虧妳能發現。」

本間忍不住開心地回答。

「這是我對一間名爲岡書院出版社的小小收藏。岡書院是一位叫岡茂雄的人，在大正時代創立的出版社。岡茂雄主張『書首先得要耐操才行』。因此岡書院的書籍裝訂都以牢固結實聞名。除此之外，由於岡書院出過一些不錯的考古學和民族學著作，所以即使在岡書院倒閉，岡書院的書依然有人高價收購。岡茂雄自己筆下也有一本名爲《書店風情》的名作。我年輕的時候讀過，一見到岡書院的書，就會忍不住買下來。」

「原來是戰前出版社的書籍收藏。」

「雖然不太重要，岡茂雄喜歡使用『裝釘』這兩個字，而不是裝訂或裝幀。」

「爲什麼？」

「我也不知道，也許是因爲字面上看起來比較堅固。」

「不過要當店長，果然很厲害。店長你竟然這麼清楚每本書的生平故事。」

本間在她的注視下，有點害羞地垂下視線。

「不過老實說，以前才需要這種能力。現在網路搜尋一下，馬上就能查出市價。」

「啊，也是。」

「據說以前的學徒修練習藝，就是爲了習得鑑定的能力。」

「學徒這個名詞，聽起來眞有時代感。」

「是呀，讀舊書店店長的回憶錄時，常常看到他們說起自己在學徒時代，因爲從書上面跨過去被罵的故事。工作忙到手抽筋可說是家常便飯，還會爲了買想要的書而不吃午餐。有時也會趁著涼爽的夜色，只問不買地逛路邊的舊書攤。對他們來說，這似乎是他們在青春時代的最大樂趣。以前神樂坂似乎也有不少路邊的舊書攤喔。」

「神樂坂有舊書攤？我都不知道。對了，店長也有過學徒時代嗎？你是什麼時候開始對舊書感興趣？」

「我是在大學的時候，在舊書店找到一本叫《昔日之客》的書。這本書很貴，學生根本碰不了。但不知爲何，這本書當時卻擺在店頭的均一價特賣區。看到那本書的時候，我出手的速度快得跟什麼一樣。明明旁邊沒半個客人，我大概只花〇．一秒就把那本書拿在手上。」

「呵呵，簡直就像週年大拍賣。」她露齒輕笑。

「可不是嗎。作者關口良雄在大森經營一家叫『山王書房』的舊書店。他在書中這麼說：『感動是浪漫主義，賺錢是現實主義』。意思是說，與一本書的邂逅，雖然能給人足以去開舊書店的感動，但也別忘賺錢，免得喝西北風。《昔日之客》是山王書房的回憶錄，也是隨筆小品。這本書擁有一種能深深打動人心的韻味，讓我一讀再讀。」

「聽起來眞有趣。」

看得出她是眞的頗感興趣，本間受到鼓舞似地繼續說。

「讀過這本書就知道，關口是一個健談的人。常客感覺也是爲了和店長聊天才跑來店裡再順手買個書。某一次關口講得興起，對客人說了這麼一番話：

「『舊書店這門生意，確實是靠買賣舊書來營生，不過我認爲，舊書店其實是經手一本本的書中所承載的作家或詩人靈魂的工作。因此我敬愛的作家們的書，哪怕擺了好幾年都賣不出去，我也會一直擺在架上。』

「相對地，只是想博知名度的政治家出的無聊書，他就會抱著『懸首示眾』的想法，將書擺在店門口的十元均一價特賣區。」

「我想讀讀看那本書，店裡有嗎？」

「有是有，不過是非賣品。」

本間露出懷著歉意的微笑。她似乎一點就通，回以微笑：「原來如此。」

「不過《昔日之客》前陣子由一家叫夏葉社的出版社重新出版了。妳可以買他們家的，裝幀相當不錯喔。」

「那我就買他們家的好了。可以再請教你一個問題嗎？」

「請說。」

「不好意思，耽誤這麼長的時間。我看到那邊有信箋、明信片或日記的專區，那些是一般人的書信日記，對吧？」

「是的，那些書信日記算是我的興趣。我開這家店的時候，想要豐富日記或書簡集之類的藏書。於是我就想說，也在店裡試著擺些一般人的書信、日記或照片好了。讀過就會發現，這些東西其實還蠻有趣的。我看過五十年前栃木縣農家主婦在日記中抱怨：『農作物養得頭好壯壯，兒子的成績卻沒半點成長』；也看過有人用格調高雅的文筆向人借錢的書信。」

「聽起來眞有趣，不過這些東西要從哪裡收購？」

「從專門的業者手上。有些經手作家原稿、明信片或簽名板的業者，也會順便收購這些東西。」

「我看到一些歐美的明信片，連外國的也有？」

「是的，偶爾會出現一些外國的東西。那些明信片挺不錯吧。雖然因爲上面寫法文，不知道內容是什麼，不過這樣也別有味道。」

「是呀，明信片上的圖很漂亮，明信片本身的復古感和獨一無二感也很棒，光是擺著就像是一幅畫。」

「妳喜歡的話就送妳吧，當作總是光顧我們店的小小謝禮。」

她客氣地推辭，但本間直接把明信片拿來，塞進她的紙袋中。

「感覺眞是不好意思。」

她輕輕低頭致謝。

「小東西而已。順帶一問，妳喜歡筑摩文庫嗎？」

本間詢問。

「是的，家母喜歡太宰治的作品，家中收藏了筑摩文庫全集。我也因爲這樣，在去不了學校時，就會拿起來翻……其中有津田晴美的《小小的生活》及《舒適生活的一百種方法》，讓我從小就憧憬那種簡單生活。起先我沒特別留意出版社，後來才注意到：『哦，這本也是筑摩文庫的書。』仔細一看家裡的書櫃，發現自己喜歡的書大多數是筑摩文庫，於是開始自己買書之後，我也會情不自禁走向筑摩文庫的書架。」

「您的品味眞不錯。」

兩人相視一笑。愛書人要拉近距離，最簡單的捷徑，就是透露彼此心中占有特殊地位的書名。

「今天非常感謝。我學到了很多。原來每一本書的標價都有其道理。」

「不過也有人刻意給討厭的作家標低價，好早點把書賣出去；或是反過來，給喜歡的作家標上高價，還請多加留意。」

「也是因書而異呢。」

「人之常情嘛。」

「哈哈，那麼我先告辭了。」

「謝謝光臨。」

即使在她離開後，本間依舊有好一陣子，都沉浸在宛如春風殘香的餘韻中。上一次像這樣和客人聊書已經不知道多久以前了。在人們為了陶冶心靈而尋求書本的時代，山王書房的店門前想必每天都上演這樣的對話。換成自己的話，如果三天就能遇到一次這樣的事情，即使生意不好，也會有繼續開店的動力……

昔日之客。

多麼美好的詞句。本間想像著這位尚未謀面相識的客人，胸中湧起一股不可思議的懷舊感傷。不知道未來的某一天，這家店是否也有機會迎來這樣的客人。

本間忽然回神，瞥了一眼牆上的時鐘。

「哦，已經四點半了啊。」本間喃喃自語。他迅速打點東西，關上店門，往九段下街道邁出步伐。今天是他到幼兒園接兒子的日子。

他一邊走，一邊呻吟著舒展筋骨。腰部傳來痛楚，讓本間不禁喃喃自語：「看來我差不多到極限了。」自言自語和腰痛在這一行，就像職業病一樣。

本間一來到幼兒園，就脫下鞋子走上二樓。只見兒子正在和朋友玩積木。這是一星期中，最令他胸口雀躍的瞬間。

「爸爸！」

小風衝到他身邊。

「洗碗機已經做好了嗎？」

小風出聲詢問，用澄澈眼白與黑亮眼珠的分明大眼，閃閃發亮地看著他。

「已經做好囉。走吧，我們回家。」

「小風今天也精神飽滿地玩了一整天喔。」聽完年輕的幼兒園老師如此報告，本間離開幼兒園。他們回家是搭地下鐵。儘管只需要搭一站，不過小風就是想搭電車。

在月台上等電車的期間，小風也念著「眞想早點看到洗碗機」。

「回家就看到了。比起這個，既然都有洗碗機了，是不是也可以從鬆餅畢業了？」

「不行，晚上要吃鬆餅，明天早上也要吃鬆餅。」

「身體都會變成麵粉喔。」

「我就是喜歡吃鬆餅。」

「好好好，不過要跟媽媽保密喔。」

本間像在說國家機密似地壓低聲音，小風也一臉嚴肅地點頭。

本間的前妻非常討厭小風吃點心或速食，所以小風不曾在麥當勞喝過可樂，也不曾在家庭餐廳點過聖代，在夜市攤上買棉花糖更不用想。

本間對此倒也無意反對。

只是本間暗自決定，每週的「週四爸爸日」這一天，一定要盡可能實現小風的願望。他無法想像沒有點心的童年，也對寵溺小風樂在其中。

一回到店裡，小風就衝上充當本間住處的二樓。他看到桌上的洗碗機模型，就兩眼放光地發出驚呼。洗碗機模型是用鬆餅隨盒附贈的集點抽獎券、集滿五張換來的獎品。

本間收到後，整個星期幾乎都在組裝模型。

「到底爲什麼是洗碗機啦！」

模型連小細節都逼眞得過頭，讓本間好幾次都想丟下剪刀放棄。不過爲了看到兒子歡喜的表情，他還是努力完成模型。

他的努力得到回報，小風開開關關地玩著洗碗機的門。然而，小風只玩了五分鐘左右就膩了，本間一個星期的努力就這樣化爲烏有。本間深深覺得，養育小孩就是一場與這種挫折感之間的戰鬥。

「爸爸，我要吃鬆餅。」

「好喔。」

「我要吃兩片喔，楓糖漿加多一點。」

「好的，這樣一共是五百八十元。」

本間用服務生的口吻回應，讓小風笑翻了。本間暗自慶幸小風這麼簡單就被逗樂。

吃完鬆餅，兩人去了坡道下方的「熱海澡堂」。熱海澡堂是有富士山壁畫的傳統澡堂。小風因爲水太燙而不敢泡進浴槽，只是蹲在排水口附近，一如往常地認眞觀察被吸進排水口的水流。

「爸爸，再沖一次。」

「最後一次了喔，這樣很浪費水。」

本間留意著周圍的人，再次在浴桶中裝滿熱水，嘩地倒下熱水。「哦——」小風發出低呼，目送最後一滴水流進排水口。根據小風所說，每次都不一樣的漩渦和聲音，讓他覺得很有趣。

回到家，本間替小風刷牙。爲了避免有如小小貝殼的漂亮乳牙遭到楓糖漿的侵襲，本間刷牙刷得很仔細。

「哈哈希辛呼夯吼花牙賀喔。」

「嘿，等刷完牙以後再說話。」

含水漱完嘴巴，小風重新說了一遍。

「媽媽已經不幫我刷牙了喔。」

想來也是，本間心想。只要一到說好的時間，即使小風哭鬧大喊，前妻也會關掉DVD的動畫；即使小風年紀還小，吃東西猛掉渣，她也不會出手幫忙。和全憑當下心情改動規則的本間不同。前妻一心一意地培養兒子的自主性。

被類型如此不同的兩人養大，對兒子來說，應該是件好事。正可說是所謂的多樣性。我們兩人究竟爲什麼鬧到非得分手呢？本間在心中尋思。

一鑽進被窩，小風就向本間央求：「繼續念上次故事的後續。」本間跟著窩進棉被，開始朗讀起《十五少年漂流記》的後續。

講到比較無趣的部分時，本間就會適當加入自己的即興發揮，例如「因爲這個時代既沒有手機，也沒有便利商店」，或是「要是此刻能用麵包超人拳痛扁一頓的話」。小風聽得咯咯大笑，不過等本間回神，小風已經酣然入睡了。

本間悄悄溜出被窩，下樓回到店裡。他打開燈，從一堆進貨後就沒動過的書中，抱著大約十五本書回到二樓。途中他的老腰一陣吱嘎作響，讓他不由得皺起臉。

好不容易抵達餐桌，本間抓起書，開始工作。

第一件要做的事，就是檢查頁碼。本間把視線固定在頁碼的位置，像是看翻頁漫畫似地迅速翻頁。儘管漏頁或標錯頁碼的情形很少見，一旦發生卻是攸關書店信譽，所以是一項萬萬不能省略的作業。

接下來是確認書本上的塗寫痕跡。本間在年輕的時候，看到書中文字有人劃線，還會想像：「對這段文字劃線的人，是怎麼樣的人，又抱著怎麼樣的想法呢？」現在他只是機械式地用橡皮擦擦去文字。要是用力擦，就會造成紙張磨耗，所以要掌握由內往外輕輕擦拭的訣竅。

第七本書是網野善彥的書，書中的劃線多到難以置信，讓本間一瞬間考慮是否直接丟了這本書。不過劃線的量也沒多到擦不完。「動手吧。」本間嘆了一口氣，替自己打氣，然後動起手上的橡皮擦。

本間在作業期間什麼也不想，只是不停動手，專注於不要磨損紙張。他在工作途中也不會停下休息，因爲一旦休息，就會失去再次動手的動力。

等到本間擦完，已經過了深夜十二點。熬夜對他來說並不是問題。他從三年前離婚時，就開始失眠了。

本間把散落在桌上的橡皮擦屑集在一起，儼然形成一座小山。本間注視著橡皮屑形成的小山，思考此刻的自己爲什麼在做這種像小學生的事情。

這個問題太過危險。本間爲了轉移注意力，決定躺上沙發，拿起這陣子斷斷續續在讀的梵谷書簡集。

今天的梵谷思考的是在不使用白色的情況下，表現白雪的方法，以及補色之間的抵銷效果。後面沒想到還開始爲了鈷藍色顏料太貴而心痛，實在是個心思忙碌的人。梵谷把這些全部寫在給弟弟西奧的信上。

讀梵谷的信，他給人的印象是充滿理性的知識分子，看不出一般所說的「瘋狂畫家」的一面。甚至湧起猜想：也許在被孤獨與貧窮奪走一切之後，梵谷最後僅有的，就是瘋狂與對繪畫的熱情。

在書簡集的其中一段，有這麼一句話：

「我的靈魂中有一團烈焰，卻無人前來取暖。」

本間讀過之後，感到心緒動搖。

梵谷生前只賣出一幅畫，被排斥在人群之外，只靠弟弟的援助過活。本間不由得對他感到同情，同時對於自己早已超越梵谷過世的年紀（三十七歲），湧起愧疚的心情。

梵谷三十歲時，曾在信中寫道：

「我的人生計畫是盡可能留下許多出色的素描和油畫作品。等到人生迎來終點的時候，再懷著愛情與深慮來回顧過去。」

七年之後，愛情與深慮離梵谷而去，他對自己的胸口開了槍。

如果把現在的自己比做梵谷的話，會怎麼樣呢？本間思考。

他點了一根菸，思考片刻，終於想到這麼一句：

眾人從我面前經過，卻無人駐足燃起焰火。

好像太過裝模作樣了——

本間聳了聳肩，吐出一口煙。

5

在一個平日的午後，陽子被領到現場朗讀志工的渡邊面前。

「竹宮小姐，妳好。我很喜歡妳的書評。」

從對方的聲音來聽，渡邊的年紀約莫五十歲後半，她的聲音非常柔和。

「謝謝。」

陽子大方回應。在點字和視覺障礙者的世界中，陽子算是小有名氣。她終於開始習慣別人叫她的筆名。

打完招呼之後，兩人一狗就移動到點字圖書館的個人小間。安立刻在陽子腳邊趴下，進入待命模式。

朗讀開始了。

「同理心太強的高敏感度族群，會分不清自己與他人之間的界線。他們容易吸收對方的負面情緒和能量，導致自己也感到難受。不過共情並不是一種疾病，而是天生的體質。據說每五個日本人之中，就有一人是高敏感者。」

渡邊很擅長朗讀，讓陽子鬆了一口氣。每個人都需要先接受義務性的課程，才能登記成爲志工，所以大家都念得很好。不過就算撇除這點不說，渡邊的朗讀也非常清晰易聽。

「首先，先來確認一下自己的高敏感程度吧。請對以下的問題回答是或不是。」

渡邊讀到這裡，頓了一下。陽子也在心中做好準備。渡邊念出了接下來的十項：

1 對他人的煩惱或情緒感同身受。
2 被問到「想要怎麼做？」的時候，時常沒有自己的意見。
3 看到或聽到殘忍的新聞時，會感到難受。
4 聽到別人的壞話時，會覺得不舒服。
5 和身體不舒服的人待在一起，自己也會感到不適。不喜歡醫院等地方。
6 對他人的謊言敏感。
7 曾經因爲對電影或書本的登場人物投入過多感情，而感到疲憊。
8 經常繃緊神經，所以睡覺容易驚醒。
9 有時會覺得好像能夠理解動物的感受。
10 小時候常被父母情緒影響，而產生激烈的心情變化。

念完後，渡邊又頓了一下，才繼續念下去。

「結果如何呢？如果妳有七個以上的『是』，代表妳可能是高敏感者。這樣的話，妳是否曾經受到他人情緒的影響，而感到痛苦？妳是否曾經因爲搞不清楚『眞正的自己』，而長期感到疲憊？

「另外，高敏感者也常因爲和父母之間的關係飽受困擾。被焦躁、寂寞、不滿的母親撫養長大的人，會收下母親的負面情緒，變得容易抱持罪惡感。

「『母親會過得這麼痛苦是我的錯。』

「『我想爲母親做點什麼，卻無能爲力。』

「會有這樣的感受，代表妳是以『母親』的他人生活爲人生的重心。

「妳的心總是充斥著他人的情緒和想法。別再讓他人登堂入室，闖進妳的內心。現在正是關掉共感開關的時候。本書會帶領妳，活出妳自己的生活……妳還好嗎？」

渡邊用擔憂的聲音呼喚陽子。陽子耳中傳來她放下書本的聲音。

陽子此刻終於注意到，自己陷入接近過度換氣的狀態。

「我沒事。」

陽子喘著氣，用手帕擦去汗水。

「但是妳似乎很難受，需要叫人來嗎？」

「我眞的沒事，只要休息一會就好……」

陽子抱著頭，手肘撐在桌上。她覺得腦中一陣砰砰作響，還有點想吐。安站了起來，擔心似地用鼻子擦碰陽子的腳。

「需要幫妳拍拍背嗎？」

渡邊站起身，來到陽子身旁。

「我沒事，謝謝。」

陽子休息一陣子，開始平靜下來。

「眞是很抱歉，」陽子用手帕摀著嘴，低頭致歉。「麻煩妳來這一趟，眞的很不好意思，不過我有點不太舒服，今天可以到此爲止嗎？」

「我完全沒問題，不過妳確定眞的沒事嗎？」

「是的，多謝妳。」

陽子低下頭，也對安出聲說「沒事的」。她喝下寶特瓶裡的水，同時伸手餵安喝水。

又休息了十五分鐘，陽子已經不再冒汗。

她在大廳再次向渡邊道歉。

「小事而已。不過妳眞的還好嗎？要我送妳到車站嗎？」

「謝謝關心，不過我現在眞的已經好多了。」

陽子和安走出點字圖書館。

前往地下鐵的路上，陽子思考先前的十項問題。雖然程度依問題而有強弱之分，不過四捨五入地回答的話，答案全都是「是」。

——不過那是從前的我。

陽子試著這麼想，然而自己過度努力回應希子的期待，以及把希子的存在當成心靈支柱的傾向，難道不是自己過去身爲高敏感者留下的影響嗎？

名爲「我」的建築物，也許是一棟總是得以「他人」作爲支柱，不然就會轟然崩塌的脆弱建築。

陽子搖了搖頭。她絕不承認這種可能性，當時陽子已經揮別了過去的自己。

陽子從握著導盲鞍的手，感受到安傳來的不安。不，不對，是陽子的焦慮先傳給安，然後像迴力鏢，回到陽子身上。

要說共感的話，安正是一直對陽子情緒敏感的對象。

對不起喔，安。陽子在心中道歉。

當安在下一個轉角停下時，陽子用力誇獎牠：「good，安，good。」爲了安，自己必須變得更堅強才行，陽子心想。

陽子踏出步伐，並在心中隨著每一步默念：我必須變得更強、更強、更強。

6

星期五早上，兩人一起吃完鬆餅，本間送小風去上學。

在幼兒園安頓好小風，本間向小風道別：「再見，要乖喔。」他揮著手，想到又要相隔一週才能見到小風，不禁心中一酸。

他走回店裡，看了一眼意見箱。裡面一如往常，躺著一封小風留下的信。

「給爸爸　ㄙㄨㄥ餅很好吃　以後要再吃喔　小風」

本間收到的信至今已經超過百封，他每一封都保留了下來。一開始還像是外星人寫的符號，現在已經是能夠傳達意思的語句了。小孩的成長就像夏日青草一般快速。

中午過後，正在顧店的本間收到前妻的LINE訊息：

「突然有餐會，小風今晚能繼續交給你嗎？」

喜出望外的本間立刻回覆訊息：「ＯＫ！」

這一天突然變得無比美妙。晚點接小風的時候，小風不知道會露出怎麼樣的表情。

「咦？今天也是爸爸嗎？」他說不定會睜大雙眼這麼問。

本間坐立難安，但還是冷靜下來，微波了冷飯，配著納豆吃掉。今天晚餐和明天早餐都會是鬆餅，要是不吃午餐，就會變成四餐連續都吃鬆餅了。

吃完午餐沒多久，店前的往來人流戛然消失。像麥芽糖一樣被拉得長長的午後時光於焉開始。

本間托腮靠在櫃檯，漫不經心地望著外頭。偶爾會有附近的家庭主婦或是老人家，慢悠悠地走過店前。午餐人潮結束的午後時分，是附近居民去超市或是熟食店買東西的時段。不少人提著購物袋或購物籃，一眼就看出是當地人。

本間突然想到前妻。

最近她逐漸恢復以前光采動人的模樣。雖然臉上依然總是帶著忙碌造成的疲憊，卻開始給人容光煥發的感覺。

——眞的是工作嗎？

很難想像一個像樣的社會人，會在星期五晚上突然約人吃飯。

——難道不是約會嗎？

如果是這個原因，本間就能理解前妻爲何恢復以前的光采。書本也是如此，只要有人翻閱，就會更高興。頻頻取閱的話，原本黯淡的書架就會變得明亮，店內的氣氛也會截然不同。前妻此刻的情形，難道不正是如此嗎？

當然前妻大可隨她的心意行事。不過如果她腦袋發熱，疏於照顧小風，本間就會接手。小風絕對會注意到自己被忽視，而本間不希望他有這樣的感受。

傍晚時分，本間前往幼兒園接小風。

「咦，爲什麼是爸爸！」

小風比預想來得吃驚。

「媽媽突然有工作，你今天也是住爸爸家。晚餐想吃什麼？」

「就是那個呀。」

「哪個？」

「那個嘛，我在信裡有寫。」

「哦——那個啊。」

「嗯，那個。」

「青椒鑲肉。」

「才唔、才不是，是、鬆、餅！」

每個字都飽含激情，五歲小孩就是這種地方可愛。

回到店裡，兩人和昨晚一樣，煎了鬆餅，在熱海澡堂觀察排水口，接著讀《十五少年漂流記》的後續。

哄完小風睡覺，本間坐在沙發上，啜飲著威士忌，朝梵谷的書簡集伸出手。

從戰前開始，就有不少家出版社出版過梵谷的書簡集。光就本間從店面拿來，堆在茶几上的就有好幾本。

最普及的應該是岩波文庫《梵谷的信》的上中下三冊套書。其次大概是美篶書房的《梵高的信》。說到比較舊的版本，店內還有一九二七年由Atelier公司出版的《梵高柯的信》。這本書是在大約三年前，一位住在大久保古老宅邸的寡婦聯絡本間，表示「丈夫過世，希望出清藏書」之後，本間到府收購的藏書之一。

最適合隨手翻閱的是西村書店《梵谷的信：繪畫與靈魂的日記》。這本書除了是全彩畫冊，同時還從梵谷一生寫下的七百多封信中，精選出兩百五十一封信，配合相關作品依序排列，相當易於閱讀。此外，書中還收錄了梵谷原始信件的照片。

本間隨手翻閱這本書，發現書中不時出現美麗得令人屏息的素描。素描是附在信中，隨信寄給西奧，本間不禁對西奧感到同情。同時是畫商的西奧，收到這樣的信，想必無法停下對哥哥的援助，因爲他哥哥的才華與熱情是毋庸置疑的。

本間一邊啜飲威士忌，用眼神描摹梵谷想必只用短短幾分鐘就畫出的一根根素描線條。眞是美得讚嘆。哪怕只有一封也好，眞希望我們店有機會經手梵谷的信。本間在腦中馳騁著想像，夜色逐漸變得深沉。

第二天從早就開始下雨。

兩人一起吃完鬆餅，本間把iPad拿給小風，自己則去開店。要是知道本間用iPad來顧小孩，前妻一定會怒目圓睜，不過本間也是無可奈何。他自己也想盡可能不這麼做，但實在別無選擇。養育小孩就是一場和這種失敗感之間的戰鬥。

本間在櫃檯前坐下。

星期六下雨就是讓人憂鬱。難得的賺錢好時段，卻像是門前掛著「準備中」的牌子一般，沒半個客人上門。書彷彿被鍊條拴住一樣紋風不動。本間開舊書店做了六年，書愈來愈賣不動了。

本間望著雨中的街道，想起母親過世的日子，也是像這樣的雨天。

結束葬禮，整頓完遺產，戶頭中多了一筆不小的金額。本間原本是在文具製造商工作，決定利用這次的機會，開一家舊書店。這是他從年輕時就有的夢想。他和妻子商量，妻子也表示支持，並告訴他：「就算店做不起來，兩個人總會有辦法的。」妻子當時是在有一定規模的纖維製造商工作，兩人結婚多年，卻一直沒能有小孩。

週末的時候，兩人開始到處看房。兩人大學時期都是在飯田橋和市谷地區渡過，所以一致同意：「要找的話就希望在這一帶」。

覺得不錯的房子租金高，負擔得起的房子又地段不好，兩人遲遲找不到合適的房子。不過這段時光倒也不壞，當時兩人都還保有一些學生時代精神的餘火，認眞起來的話，熬夜也不是問題，甚至還能吃吃到飽。

找房子找了一陣子，兩人遇到現在這間房子。房子只賣不租，是一棟蓋在小小十二坪土地上的老舊兩層樓建築。

儘管房子位在住宅區的邊緣，但終究是神樂坂的房子，想來怎麼樣都買不起。兩人不抱希望地詢問價錢，卻吃驚地發現價錢並非遙不可及。

房地產仲介的長山解釋了箇中原因。

「因爲有借地權的關係，費用才會比市面便宜。建築物價格當然是零，雖然需要支付借地費，但和固定資產稅相差不多，我十分推薦喔。」

神樂坂是本間和妻子在學生時代時常來約會的地方，他對神樂坂的印象很好。雖然地段稍嫌偏僻，不過本間說服自己，舊書店本來就是接近半隱居的生意。本間就是如此被這間房子吸引，覺得這是命中注定。他和妻子商量買下此處，妻子也贊成。本間辭去公司，裝修店面，搬進一干器具，並擺上他一直以來蒐集購買的舊書。

本間家中本就是地方新書連鎖店，他排行老三。父親經營的書店是賣場中有七成商品是雜誌、漫畫和參考書的書店，小時候的本間很喜歡，但對閱讀產生興趣，就開始覺得難以滿足。

也許是因爲這個原因，本間一到東京讀大學，就立刻迷上了舊書。舊書的世界是一片鬱鬱蒼蒼的森林，同時是一片無底沼澤，更是無盡無涯的山脈。

畢竟本間有的是時間，他便拿著導覽書，走訪東京有名的舊書店。有些是有名望的知名書店，有些則是彷彿出現在教科書上的正統舊書店。當時主打特別選書的複合式書店咖啡廳也開始成爲話題，每間書店都各有風情。

還是學生的本間，當然是均一價特賣區的愛好者。他會從百元均一價或是三本五百元的特賣區，尋找逸品。本間會和當時還是女朋友的妻子，一起在跳蚤市場賣這些他挖掘到的書，也就是所謂的單箱舊書商。書賣得好的日子，兩人就會在「關店」後，有點奢侈地用披薩和紅酒來乾杯慶祝。

本間迷上轉賣舊書的快感。他發現也許比起書本身，自己更喜歡賣書。他也察覺到舊書商的本質。

舊書是買亦有趣，讀亦有趣，賣亦有趣。

能賣的書和想賣的書是兩回事。

鑑定是舊書商的生命線，也是一種創造性的行爲。

說到底，人爲什麼要當舊書商？

正是因爲比起賣書，收購書更有趣。

當時在神保町，有一家舊書店叫嚴林書房。本間很喜歡嚴林書房的選書，時不時拜訪，結果被店主招呼：「常看到你來，你是學生嗎？」兩人因此結緣，不時會熟稔地聊上幾句。某一次店主這麼說：

「說起開舊書店最快樂的事情，就是客人離開之後，把燈光調暗，在燭光下望著自己蒐集的書，手上還要拿著一杯威士忌。」

本間對這番話深深著迷，冒出總有一天也要自己開店的想法。

然而，自己實際開店，卻是一連串未曾設想過的情形。本間當時和妻子住在中野的公寓，每天都早出晚歸。店內的事情全都要自己一手包辦，開設網路商店之後，更是忙到瘋掉。即使如此，卻還是賺不了多少錢。

就在這個時候，妻子懷孕了。兩人原本都不抱希望，這下可說是喜出望外。

妻子在產假後，馬上重返職場，然而幼兒園遲遲沒有著落。有國家認可的幼兒園名額少得驚人，無可奈何之下選擇的無認可幼兒園，費用卻貴得難以置信。

小風突然發燒的時候，是本間去接他回家。平常上下學也都是本間負責。即使如此，妻子對整體生活似乎都有所不滿。以前的兩人不曾有過半點爭執，但在孩子出生後，每件事都成了爭吵的導火線。離乳食是否要濾過？用過的尿布是否要一個個用塑膠袋包起來丟？是否要讓孩子吃退燒藥？兩人對每件事都爭吵不休。書店經營持續赤字，讓本間愈來愈難以大聲說話。

兩人花了好一段時間，直到事實擺在眼前，才終於承認兩人的關係已經走到無可挽回的地步。當時的兩人，即使意見衝突，也不會妥協，而是默不作聲地生悶氣，只求對方盡快從自己眼前消失。

妻子取得了監護權，成為單親媽媽，小風立刻順利進了有國家認可的幼兒園。本間則改裝了店內原本充當倉庫的二樓，搬了進去。

一直在二樓安靜看YouTube的小風下樓，出聲詢問：

「媽媽還沒來嗎？」

「我想差不多快來了。」

「那個啊——」

小風靠著書架，由下往上央求似地望著本間。第一次看到小風這樣看自己，緊張的本間開口詢問：「怎麼了？」

「爸爸和媽媽還不和好嗎？」

本間被問得措手不及，只能用力堆出笑容：「這個嘛，大概還要花一點時間。」

「老師說朋友之間就算吵架，只要握個手，笑一笑，就能馬上和好喔。」

「嗯，眞的可以就好了。過來這裡，小風！」

本間張開雙臂，小風便毫不猶豫地飛撲進他的懷抱。本間緊緊抱著兒子，嗅聞他的髮絲。小風的頭髮帶著乾淨的味道，想到自己讓這個小小的心靈傷心，本間就覺得胸口一陣痛苦。

不過只有一點，本間想告訴小風：你是爸爸和媽媽彼此相愛的結果，這一點是毋庸置疑的。

「唔，好難受喔。」

「抱歉抱歉。」

本間鬆開懷抱，小風便眼睛閃閃發亮地告訴他：「我們下次要去遊樂園玩。」

「哦，那眞是太好了。」

本間也揚起笑容。「你和媽媽兩個人去嗎？」

「不是，還有媽媽的朋友，一共三個人。」

本間的心頭落下陰影。

「那個朋友是男的？還是女的？」

「男的。」

「你見過他嗎？」

「嗯。」

「見過幾次？」

「嗯——不知道。」

見面次數多到記不得嗎？

「他大概幾歲？」

「不知道。」

「他很年輕嗎？還是說是個大叔？對了，幼兒園不是有一位男老師，叫齋藤老師嗎？他的年紀比齋藤老師大嗎？還是更年輕？」

「不知道。」

不論本間問什麼，小風都只會回答「不知道」。說不定是被要求保密。對談話失去興趣後，小風從書架取出他喜歡的《無聊讀本》，嗅聞上面的氣味。小風說過他喜歡這本書的理由，是因爲書上有像巧克力的味道。特別陳舊的書確實會有類似巧克力的味道。

過了中午時分，前妻前來接小風。

不知道是不是本間自己的心理作用，前妻看起來比平時更加耀眼。兩人短暫交談一兩句話，前妻便拉著小風的手離開了，本間也沒辦法細問。

7

自己搞砸了。

陽子的稿子第一次被希子要求修改。

她剛剛收到了希子的信。

「收到妳對高敏感者一書的書評了，謝謝。這次和陽子平常的稿子，感覺不太一樣呢……有幾處令人在意，最近能找個時間碰面討論嗎？因為是微妙的問題，我想還是當面談比較好。我剛好有事想找陽子商量。」

「今天傍晚之後都可以。」陽子回信後就一直坐立難安，每隔幾分鐘就想確認有沒有回信。為了讓自己冷靜下來，她決定起身到廚房泡一壺花草茶。只聽安的爪子敲擊地板的聲音跟在自己身後。

「抱歉，安，又讓你不安了。」

即使在陽子蹲下來撫摸安的期間，她的心中也在擔心，希子會不會因此拋棄自己。就算希子不會突然中斷合作，這件事一定會成為扣分要素。

陽子端著杯子回到桌前，思考稿子不順利的理由。她很清楚原因，就是母親，都是母親不好。正確來說，應該是母親帶來的回憶，害稿子內容陰沉，搞砸了一切。

陽子從小就容易在半夜驚醒。母親總是說她「太過神經質」，陽子自己也這麼認為。事後她才發現這些都是母親害的。陽子之所以容易受到母親心情影響，一方面是因為生長在母女相依為命的單親家庭，一方面也是因為陽子的共感體質。不過現在說這些也無濟於事，眼下最重要的是取回希子的信賴。

特地泡的花草茶喝沒幾口就要涼了的時候，陽子收到希子的回信。

「明天下午兩點，在神樂坂茶寮本店見面如何？」

陽子馬上回覆說好。

希子到底要找自己談什麼呢？剛才希子在信上的委婉說詞「微妙的問題」、「當面談比較好」、「有事想找陽子商量」，也令人在意。

想得比較嚴重的話，希子可能是要中止連載。雖然只因一次失敗就中止，是有點難以想像，不過如果希子從之前就覺得連載情形不太理想，也許這次就會成為喊停的契機。希子常說「這樣就能提高網頁的瀏覽量」，反過來說，就代表希子對目前的網頁瀏覽量並不滿意。

自己爲什麼要把那麼毫無條理的稿子交出去呢？不只雜亂無章，還陰沉哀怨，內容充滿自我中心的想法。可以的話，眞想請希子當作沒看過那份稿子。

都是和母親的過往種種不好。

自己太過沉浸在和母親的過去，文章失去節奏，忘了怎麼踏出舞步。

8

憂鬱的季節到來，報稅季就在眼前。

本間爲了省錢，沒找會計師，而是每年呻吟著自己報稅。今年的他也一邊準備文件，一邊嘆了不下一百次氣。財務報表可說慘不忍睹，本間得再節省生活開支才行。

說到每個月的開支，首先就是小風的養育費，這是首要確保的費用。接下來是瓦斯費、電費、水費、網路費、手機費。本間在三餐方面花得不多，不過本間因爲嫌麻煩，最近常用現成食品解決，說不定可以再稍微削減支出。話雖如此，最多大概就每個月一萬元左右。

本間知道自己最好戒酒戒菸，不過一想到戒菸戒酒後的生活，本間就覺得沮喪。這兩項是他在漫長失眠夜的良伴，本間想乾脆直接把菸酒認定成中年單身男子的必要開銷。

固定資產稅和工會會費也是固定支出。本間還租了兩個用來存放庫存書籍的儲藏室，但其實他還想再多租兩個。他也盡可能不買書，但舊書店不進貨就完了。

本間不買衣服，也不出門旅行。他也不上健身房，只有被人邀約的時候才去喝酒。即便如此，他依舊時常阮囊羞澀。書絕望地都賣不出去。

如果重啓網路商店，銷售額應該就會增加。不過一想到又要過那種生活，本間就覺得壽命又要縮短。

拍攝封面的照片，輸入商品說明，並且上傳。收到訂單就包裝書籍，貼上收件資訊，拿去郵局寄件。此外還要處理不時冒出來的投訴及退貨要求。在做了實體店鋪不需要做的這些事之後，一本書的淨利往往卻只有兩百圓左右。

而且本間認爲，離婚原因有三成是因爲他決定搞網路商店。當時的自己總是脾氣暴躁。原本想著「習慣以後就會比較輕鬆」，不過只要當自營業，這種像是工蟻一般的生活就會一輩子持續下去。

當本間意識到這一點時，他不禁一陣錯愕。

打包、寄送。ㄉㄚ ㄅㄠ、ㄐㄧˋ ㄙㄨㄥˋ。

當時的本間滿腦子都被這些事占據。如果感冒想休息，就會受到像是世界末日般的精神打擊。因爲不少客人會因爲「出貨太慢」而給差評，要是這類情形一多，店家評價就會下降，客人數量跟著減少。

雖然沒多賺多少錢，夫妻之間的爭吵卻增加了。當時的自己如果更有餘裕，聽到妻子要求「用過的尿布要用塑膠袋包起來丟棄」，也許就能笑著同意，至少不會發展成對彼此大吼大叫的爭吵。

不過另一方面，本間也會思考，是否現在收起店面，轉而專心經營網路商店比較好。工會裡也有人這麼做，對方曾對本間說明過網路商店的優點。

首先，不用為了在東京開店而支付高額租金。第二，可以在喜歡的時間處理打包。也不用面對面應對討厭的客人（本間是不擅長接客的類型）。還可以隨心所欲找副業。「夜間保全的打工還算蠻好賺的，感覺舊書店遲早會變成副業。」對方這麼說道。

本間突然有一個想法，向大學友人瀧川發了LINE訊息。

「下週要不要一起吃個飯？」

瀧川從大學畢業以後，就當了保險銷售員。後來他自己開了一家保險代理店，但是公司倒閉，所以他現在改當計程車司機。換句話說，他是從個體經營撤退的前輩，見個面說不定能得到一些想法。

回覆馬上就來了。

「下週的話，我星期一和星期四可以！那兩天不用出車。」

回覆很快是瀧川從學生時代以來，為數不多的優點之一。

「那麼星期一如何？」

「了解。我去神樂坂那邊。想吃好吃的中華料理——」

「交給我吧。」

中華料理的話，龍公亭應該行吧。

本間馬上訂位，把餐廳的網址傳給了瀧川。

星期四到來，本間去接小風。

兩人決定偶爾走路回家，慢慢走上神樂坂。

「爸爸，你去過美國嗎？」小風出聲詢問。

「沒有耶。」

「我聽說美國沒有獅子。」

「這樣啊。好，我們來個機智問答。美國雖然沒有野生的獅子，但在某個地方有。那是哪裡呢？」

「咦，哪裡？在哪裡？」

「提示一下，日本的話是在上野。」

「我知道了，動物園！」

「叮咚叮咚，小風真的好聰明哇。」

本間說的是真心話。僅僅一週不見，小風面容、用字遣詞和舉止，都看得出有成長。

本間小心翼翼地詢問：「說起來，你們去遊樂園了嗎？」

「嗯。」小風用有點悶悶不樂的表情回答。

「和媽媽的男性朋友一起？」

「嗯。」

「他是個怎麼樣的人？大叔嗎？」

「祕密。」

「祕密是什麼意思？」

「代表我不會說。」

「我知道，但是——」

只見小風的臉上又浮現本間沒看過的微妙表情。啊，這是被要求保密了吧，本間此時清楚地意識到這一點。小孩想必就是像這樣，慢慢學會人類心理的陰暗面。本間決定不再繼續追問。

回到店裡，本間煎了鬆餅。兩人一起去熱海澡堂，在被窩裡面說故事。《十五少年漂流記》已經讀完了，所以今天開始讀《小王子》。

第二天早上，本間又煎了鬆餅，送小風去幼兒園。

他回到店裡之後，從意見箱中取出小風的信。

「我可能會去ㄇㄟˇㄍㄨㄛˊ　我會ㄒㄧㄝˇ信的　小風」

美國？

沒有野生獅子的那個美利堅合眾國？

本間拍下小風的信，用LINE傳給前妻。

「這是什麼意思？旅行嗎？」

訊息遲遲沒有回覆，也沒顯示成已讀。

本間等到公司職員的午休時段，打給前妻的手機。

「喂。」前妻接了電話。

「我剛才發了訊息給妳，妳有看到嗎？」

「是怎樣，還特地打電話過來。」

「妳看到了嗎？」

「我看到了。」

「那是什麼意思？」

「說什麼意思，也就字面上的意思。我們可能會去美國。」

「旅行？」

「不是。」

「那是什麼？」

「我現在沒時間講這個。」

「妳跟小風兩人去嗎？」

「不是。」

「那是和誰？」

「我和……我的未婚夫。」

「未婚夫！」

本間發出連他自己都感到吃驚的狂亂叫聲。

「我現在真的很忙，下次再跟你說。」

「但是妳（註）……」

「別這樣喊我。那就先這樣，我會再打給你。」

前妻單方面地掛斷本間的電話。

本間一時之間茫然無語。

隨著震驚逐漸消退，本間開始設想最糟糕的情況。

前妻已經決定再婚，對象可能是在貿易公司工作，要被派往紐約或洛杉磯工作。所以前妻決定辭去工作，帶著小風一起去美國。

冷靜一想，這根本不是什麼設想中最糟糕的情況，而是極可能成眞的情況。

週末結束，三天過去了，本間依舊沒收到前妻的消息。

星期一早上，本間發了訊息，要求前妻儘早解釋，不過前妻依舊沒有任何答覆。時間就這樣空虛地流逝，來到本間和瀧川約好見面的傍晚。本間關了店門，走向龍公亭。

龍公亭是一家位於神樂坂主街上的老字號粵菜餐廳。二樓還有能俯瞰神樂坂的露天座位，十分適合悠哉用餐。兩人點了麻婆豆腐、炒蝦球、蒜炒芥菜，舉起啤酒乾杯。

「好久不見啦，最近怎麼樣？」

瀧川快嘴快舌地詢問。瀧川老家在東京老街，據說從祖父那一代起，一家子的男人都是嗜酒的急性子。

「不怎樣，你那邊呢？」

「馬馬虎虎吧。說起來，我之前遇到了阿眞。」

「喔——那傢伙啊。他現在在做什麼？」

「他說他被調職去廣島。」

「這麼說，他還在那家公司？」

「嗯，對啊。還有那傢伙、就是輕音社的——」

他們交流朋友的各種消息時，服務生前來上菜。瀧川迅速地要了第二杯啤酒，本間則一邊拿小盤子分菜，一邊開口說道：

「其實啊，我可能見不到我兒子了。」

「呃，爲什麼？」瀧川停下動作。

「我前妻要再婚，可能會去美國。」

「你兒子也一起？」

註：原文為「お前」，是較不客氣的稱呼方式。

「嗯。」

瀧川突然露出宛如多疑刑警的眼神。

「你應該有好好付撫養費吧？」他詢問本間。

「嗯，撫養費我絕對都有好好付。」

「那這樣不就是違法嗎？約定是每週見一次面吧。」

「嗯。」

「嗯什麼啦，我有認識的律師，我現在就幫你問問。」

瀧川掏出手機。本間雖然連聲說「不用了」，不過瀧川這個人一動起來就不會停手。

他當場撥了號碼。

「啊，你好，我是瀧川。你那邊還好嗎？其實我現在和一個朋友在一起，他有點事想問一下——」

交談只花了幾分鐘就結束。

「律師事務所的網頁上，有一個諮詢頁面，你可以從那邊跟他聯絡，他會先研究一下。我現在把網址發給你。」

瀧川拿著手機操作了一會。「……好了，我發過去了。報上我的名字，也許他會把諮詢費算便宜一點。」

「謝啦，我可能會麻煩他看看。」

「是說這也太過分了。你前妻的再婚對象是個怎麼樣的傢伙啊？」

「我還不清楚。」

「這樣啊，」瀧川盤起雙臂，難得有點吞吞吐吐地道出疑問。「我問你喔，前妻決定再婚，是怎麼樣的感覺啊？」

「嗯，這個嘛……」

本間的腦中浮現「新男人」的剪影，頓時感到有點落寞。對方摟著前妻的肩膀，兩人背對自己，逐漸遠離，身邊還有一個小小的身影……

「用一句話來說的話——」

本間需要吸氣，才能說出不願出口的話。

「從不相干的人，變得更陌生的感覺吧。」

「嗯……感覺這話題走向有點鬱悶啊。」

「是你自己要問的吧。」

「要不要開瓶紹興酒啊？」

「好啊，來喝吧。」

瀧川叫來服務生，打開菜單。

「來瓶紹興酒，還有芙蓉蛋、八寶菜和廣東脆皮燒雞。」

瀧川的壞習慣是一喝醉就會開始狂點菜。

學生時期的兩人並未特別親近，直到本間開店，才開始走得比較近。兩人之間有同爲個體經營戶的連帶感，又同樣都有一個兒子。

瀧川是個超疼愛兒子的傻爸爸。

「書店那邊又如何？」瀧川接著問。

「不太好。」

「哪部分？」

「書賣不出去。」

「這不是從以前就是這樣嗎。」

「現在更賣不動了，我想是不是差不多該收手了。」

「確實要收店的話，最好趁早。我做保險時，不死心撐了一陣子，搞得很慘。」

「怎麼個慘法？」

「我連想都不想去想。我到現在還對一些親戚和熟人抬不起頭。」

原來是指籌錢的部分啊。本間想像了自己去向親朋好友借錢的模樣，簡直要他命也辦不到。他實在不想走到借錢這一步。

即使紹興酒上桌，本間也遲遲醉不了。前妻再婚的事情一直卡在腦袋角落，酒怎麼也喝不香。既然這樣，我就連你的份一起醉——瀧川喝酒的方式彷彿在這麼說一般，瓶內的紹興酒轉眼間減少。

「眞是太過分了，實在太過分了。五歲不正是最可愛的年紀嗎……」

瀧川還代替本間發起了牢騷。雖然本間很感激，不過酒瓶一空就解散，對兩人來說，大概都是好事一件。

本間起身去洗手間。回到座位的路上，他不經意地看了手機，沒想到前妻傳了LINE訊息。

「對方是國際律師，離過婚。總之可能會在美國的事務所待個幾年。」

什麼鬼？

本間停下腳步，反覆重讀訊息。

國際律師？總之會待幾年？也就是說，延長或永久居留也都有可能？

本間試著冷靜消化眼前的情形，但腦袋和內心卻不聽使喚。

他腳步踉蹌地想辦法回到座位，只見瀧川已經閉上眼，打起瞌睡。本間請店員結帳。帳單送到，本間遞出信用卡後，把瀧川叫醒。「喂，差不多該走了。」

「嗯……？你在說什麼，時間還早咧……」

「總之先出去吧。」

本間催趕似地領著瀧川出餐廳。雖然對瀧川很過意不去，不過此刻他想獨處。

「那就下次再見了。」本間在餐廳門口前這麼說，瀧川也很快就放棄了。

「哦，再見啦。最後我告訴你一件事喔。店可以放棄，但千萬不要放棄兒子。」

「我知道了，我會好好記住的。」

「咦，晚餐的費用呢？」

瀧川突然恢復清醒，伸手摸後面口袋的皮夾。

「不用啦，多謝你。我會和律師談談的。」

「這樣啊，再見啦。」

瀧川揮著手，走下神樂坂。

本間開始走上坡道。夜色逐漸深沉，街道上行人交錯徘徊，有的是打算去老地方的中老男人，有的是尋找續攤酒吧的情侶。

本間穿過這些人群，回到店裡，立刻打開律師事務所的網頁。他寫明自己是瀧川介紹來的，然後在諮詢頁面的空欄中寫下訊息：

「我跟前妻有一個五歲的兒子，現在每週都會見一次面。不過前妻的再婚對象要去美國工作，前妻似乎打算也帶著兒子過去。有辦法避免我和兒子無法見面嗎？」

本間送出訊息，頹然倒在沙發上。他伸手去摸茶几上的梵谷書簡集，隨手一翻，就看到這幾段句子：

「人若是孤獨一人便會死去，但若身邊有人，便能得到救贖。」

「最棒的特效藥就是愛和家人。」

本間用力嘆氣。梵谷正視自身孤獨的見解與省察，今晚特別令人煩躁。

他就這樣在沙發上睡著了，隔天醒來，只覺得全身痠痛。

律師事務所的回信已經來了。

「針對您的詢問，如果父母一方未經許可，將十六歲以下的孩子帶出國門，根據日本亦有簽署的《海牙公約》，孩子應被送還原本的居住國。然而實際上因爲沒有相關罰則，所以大家往往只能忍氣吞聲，暗自飲泣。如果能將您的詳細情形告訴我們，透過法律途徑提起訴訟也是有可能的，不過在此不得不先告知您，要讓孩子留下，恐怕十分困難。如果您依然考慮提告或調解，請聯繫我們。另外，關於本次的諮詢費用，請轉三千三百圓至以下帳戶：瑞穗銀行東京中央分行，普通帳戶＊＊＊」

本間來回讀了幾遍，但是無論讀了多少遍，他的腦海中只剩下一句話：「要讓孩子留下，恐怕十分困難」。

到了中午時分，本間貼出「外出中」的告示，去了銀行。

此時正好是午餐時間，從附近商辦大樓湧出的上班族們緩緩移動。不論大街小巷，都是臉上掛著「今天要上哪家餐廳吃呢」的人們。神樂坂周邊有這麼多公司嗎？本間每次在這個時段，總是感到不可思議。唯獨這個時段，就連學生的身影也會在人群中顯得格格不入。熱門的餐廳前，轉眼間就排起了人龍。

本間在銀行完成轉帳，順便前往房地產公司。

「不好意思，呃，請問長山先生在嗎？」

他回想當初買下店鋪時的負責人姓名，出聲詢問。只見長山從店內走出來，道了聲「好久不見了」。他頭頂上的毛髮似乎變得稀疏了一點。

「怎麼了嗎？」

長山堆起的營業用笑容之下，帶著一絲警戒的神色。

「我在考慮把那邊賣掉。」本間回答。

「咦？」

「我想把店賣掉，請問大概能賣多少錢？」

9

陽子提早來到神樂坂茶寮。這家餐廳有露天座位，所以陽子能安然和安待在一起。陽子點了紅茶，在等待希子到來的期間，她一直告誡自己，不論待會聽到什麼消息，都不要失了方寸。

希子準時前來，只聽她一坐下來就說：

「陽子，這次的稿子也太灰暗了！」

聽到她用輕快語氣這麼說，陽子眼前彷彿浮現希子燦爛的笑容，讓她稍微放鬆一些。

「抱歉，讓妳讀了怪怪的稿子。」

「沒事沒事，不需要道歉啦。寫到跟自己切身相關的主題，文章內容就會比較容易打結混亂，我懂那種感覺。不過這種時候，要是學會如何梳理整頓，就能讓身爲作家的自己更上一層樓。我是抱著這樣的想法，今天才邀陽子出來的。」

聽到希子不是來宣布終止合作，陽子鬆了一口氣。

「簡單來說，這次的一千兩百字裡面，有四百字是在介紹書，剩下的都是陽子的意見，或者說是主張。有一句話讓我很在意，就是『我自己也曾在母女關係方面遇到困難』。我在想其實這句話，才是這次稿子的重點吧。這一點在背後造成的影響，導致這次的書評比較難懂。」

不愧是希子，見解犀利精闢，宛如一把直接探入傷口剖析的手術刀。

希子點了抹茶，繼續說下去。

「如果加上關於令堂的具體事例，陽子的主張會更明確。我想就是因為缺少了這樣的部分，讀者才會搞不清楚狀況。當然，考慮到『書評應當盡量避免談論自己』，這麼做也是有其道理。所以這次要不要試著跳脫書評這個框架呢？」

「什麼意思？」陽子歪了歪頭。

「也就是說，選一件妳和令堂之間代表性的事情，並且寫下來。只要用最後一句話來介紹書就足夠了，例如『向所有為母女關係煩惱的高敏感者推薦這本書』。字數也可以多一點，不用顧慮。」

「那樣的話——」

「對，差不多就是散文。我這陣子一直在想，陽子是時候再加上一個『散文家（Essayist）』的稱謂了。」

「散文家（Essayist）……」

這個詞聽起來時髦炫目。

就在這個時候，服務生送上希子的抹茶，於是兩人短暫中斷談話。

「啊——真好吃。對了，我最近也有點煩惱稱謂的事情。公司突然塞了新的職稱給我，妳能聽我抱怨幾句嗎？」

「當然。」

「那我要說了，不能笑喔。我現在是有聲書企畫室、圖書製作人、出版統括專員。」

「後面的兩個是新的呢。」

「對，我接下來似乎要碰所有和書籍相關的工作。」

「咦，那圖書銷售部門呢？」

「我被撤下來了。我其實很喜歡跑業務，畢竟我這個人就是熱血體育系個性。」

「真可惜。公司就這樣突然塞新名片給妳嗎？」

「對啊，某一天就突然放在我的桌子上。我還嚇了一跳，想說：『啥，我什麼時候當了圖書製作人了？』真要寫的話，我倒希望他們寫個空手道七段，起碼不是空口白話。」

「哦，希子是七段嗎，好厲害。」

「我在小三的時候就拿到黑帶了。」

希子難得語帶自豪地說道，又回到原本話題：「不過有些地方，公司也說得沒錯。」

「二十年前，東京都內還有一千家書店，現在只剩三百家。不論是雜誌還是書籍，銷售量都急遽下降。因此『只要專心做書』的出版社心態早已不再適用，我們必須要透過活動企畫、空間策畫，或是銷售計畫等，想辦法創造出新的價值才行。雖然上頭的指示很籠統，我現在只能想出一些很模糊的企畫就是了。」

「但聽起來是很有意義的工作。」

「是呀，不過出版社最重要的職責，依舊是『尋找新作家，並把他們推廣給世界』。我認為陽子是一個訊息性很強的作家。我沒有別的意思，不過書這種東西，普遍都認為是用眼睛來讀，對吧？」

陽子點頭。正如希子所說，大部分的人都是用眼睛讀書。

「但陽子是用手指，或是用耳朵讀書。妳不只是讀書，還能將讀書的趣味和感動傳達給大家。不只是傳達給大家，妳還能讓人開始思考『人為什麼要讀書』、『書本或許能讓人生更多采多姿』，這真的很厲害。我認為陽子大概曾經從書本得到救贖，我就是想告訴大家這件事。講起來可能有點失禮，不過就連眼睛不方便的人，都這麼常接觸書本，並從書本中得到救贖，明眼人的我們根本沒道理不讀書。要說我能向大家推廣什麼想法的話，大概就是這件事吧。所以我才想請陽子寫書評，也希望陽子成爲散文家。」

希子一口氣說完，遞出手帕：「來，用這個吧。」陽子接過手帕，擦去眼角淚水。

「抱歉，說了一堆自以爲是的話。」

「不，謝謝妳。剛剛那番話帶給我很大鼓勵，沒想到希子對我有這樣的期待。我會把家母的事情寫下來的。剛才希子一提到代表性的事情，我的腦中馬上就浮現當時情景。雖然不是什麼大不了的事情，但對我來說很具代表性。」

「謝謝，我會認眞讀的。」

「不過眞的不是什麼大不了的經歷，到時不要太失望喔。」

「我想不會啦，」希子回答。「故事的重要性不在於規模大小，而是故事的深度。如果那件事對陽子來說，是很刻骨銘心的經歷，那麼一定會給讀者深刻的印象。」

「謝謝，能聽到希子這麼說，讓我安心多了。不過希子眞的頭腦好好喔。」

「討厭啦，才沒有。」

「怎麼會沒有，我可是一直覺得希子頭腦好，教養也好，工作上也很能幹，還會空手道，一定是個美人，讓我眞的好羨慕。」

「妳眞的這麼認爲嗎？」

「我打從心底這麼想的。」

「我自己其實也有嚴重的心結問題。」

「怎麼可能。」

陽子不禁隱約沉下臉。過度的謙遜，有時會讓聽的人覺得受到侮辱。

「當然可能。」

希子取過陽子的手，道了一聲「妳摸摸看」，引著陽子的手摸自己的右邊臉頰。陽子的指尖感受到有如粗糙麻繩的觸感，不禁吸了一口氣。

「我小的時候，受到嚴重燒傷。因爲燒傷的關係，我老是被取笑是怪物或妖怪。我還曾經因此不去上學。現在雖然習慣了，不過每和人擦身而過，就要受到他人的注目禮，以前眞的讓我很痛苦，只有書本和空手道是我的救贖。只有沉迷於這兩項事情的時候，我才能忘卻自己的傷痕。我也和陽子一樣，是從書本中得到救贖的人。」

10

什麼時候要去美國？我會見不到小風嗎？這樣和說好的不一樣吧？

本間問了前妻好幾次，但答覆總是千篇一律的一句話：「還沒正式決定。」因此本間的生活在表面上，沒有任何變化——除了貼在店面的「店面出售」告示。

假使前妻那邊要以強硬手段，斷絕本間和小風的關係，本間就只能被迫用賣掉店面的錢來打官司。本間有一種感覺，此時逃避的話，將會對自己今後與兒子的人生造成負面影響。可以的話，本間當然想避免小風看到親生父母爭執不下的模樣……

將近中午時分，筑摩文庫小姐睜大雙眼，走進店裡。

「唉，店長要把店賣掉了嗎？」

「很遺憾，是的。」

本間用聽起來萬分慚愧的語氣回答。

「是要搬到別的地方嗎？」

「老實說，接下來是要轉成網路商店呢，還是直接閉店呢，其實還沒決定……不管是哪一個選項，我都沒必要在這裡繼續開店了。」

「什麼時候要關店呢？」

「這個也還沒決定，看什麼時候找到買家吧。」

本間和房地產仲介商量後，把售價定爲比當初購買價格再多兩成的金額。照房地產仲介的說法，現在的市價與當時相比上漲不少，本間並不算獅子大開口。如果賣不出去，再慢慢調降就好。店面說不定能馬上賣掉，也可能賣老半天也賣不出去。

「明明是這麼棒的一家店，眞可惜。」

「能有客人這麼說，這家店也算是可以含笑而終了。」

「店長竟然已經開始用緬懷的口吻了。」她今天第一次露出笑容。

「眞的耶。」本間也笑了。

「說起來，上次的明信片眞的很謝謝店長。只要看著明信片，腦中就會冒出各種想像，不過偶爾也會想：『我的手上竟然有以前的法國人寫的信，眞是不可思議。』沒想到神樂坂竟然買得到這樣的東西。」

「畢竟所有紙製品都有市場，老舊的東西更是如此。例如戰前的滿州照片、藝妓或美人的明信片、老舊地圖、以前的鐵道資料（包括時刻表）、軍事信件、昭和四十年代的偶像演唱會宣傳冊、演唱會的票根、貼著銷印郵票的舊信封（又稱為實寄封）、大富翁、紅包袋、火柴盒，族繁不及備載，大家就是喜歡印刷品。」

「確實如此，」她微笑回應。「哎呀，我今天待會公司有個會議，晚點再來拜訪。」

她這麼說便離開了書店。本間原本以為她只是順勢隨口一說，沒想到傍晚時分，她真的出現在店裡，並用堅定無比的動作遞出名片。

「其實我是S出版社的七瀨希子。」她這麼自我介紹。

本間接過名片，喃喃說道：「哦，原來妳是S出版社的人啊。」S出版社是位於神樂坂上方的出版社。在她有點像藝名的名字上面，印著不常見的職稱：「有聲書企畫室」、「圖書製作人」、「出版統括專員」。

「我在剛才的會議上，提到這家店的事情，不少人都知道這家店。」

「這樣啊。」

本間的腦中浮現幾位「嫌疑」頗高的客人面孔。

「我告訴他們這家店要出售，大家都很遺憾，說『那家店選書很不錯，眞可惜』。」

本間的表情一緩。即便只是客套話，聽著也高興。

「結果我的上司說：『能和那家書店合作，幫點什麼忙嗎？』」

「什麼！」

希子繼續說下去。

「雖然還很模糊，不過我們也有立下目標，要更積極參與『書本的現場』或是『書本的空間』。講起來有點失禮，不過貴店是很理想的起點。畢竟貴店就在附近，舊書店在某種意義上，也很適合當作合作對象。」

「也就是說，是我理解的這個意思嗎？」

本間再次將視線投向她的名片。「妳們家出版社要替這家店策畫行銷？鼎鼎有名的S出版社要這麼做？」

「我們公司沒那麼了不起，如果您……呃——」

「哦，抱歉，我叫本間。」

「本間先生有打算挑戰新做法，試著再多爲店裡拚搏一下的話，要不要和我們合作呢？」

「可是我們家是舊書店。」

本間再次提醒。

「我明白。」

希子頷首回應。

「不過這點不是什麼大問題。正如我先前所說，這樣反而比較方便合作。因爲新書書店是不折不扣的商業伙伴，不能有厚此薄彼的差別待遇。」

「我懂了，和我們家合作的話，就不會有其他書店抗議了。」

話雖如此，本間還是很難想像和S出版社合作的樣子。S出版社是以文學界巨頭聞名的老字號出版社，出版新書不時出現暢銷作。文庫集十分充實，從獨特辛辣視角切入的報導文章也很有名。本間還記得S出版社在神樂坂坡道頂上，蓋起時髦的複合商場時，他還出乎意料地想著：「哦，沒想到那個S出版社，竟然搞出這種流行的東西。」

綜合剛才各種資訊，看來老字號出版社爲了撐下去，也是絞盡腦汁，朝之前沒接觸過的方向發展。

「其實我在不久前，是待在圖書銷售部門。我見過全國各地的書店，不過各地業績都很慘澹。只靠賣書撐不下的書店，通常就會建議轉型成與咖啡店或文具店複合的書店。」

「我懂，我老家也是開新書書店的。」

「啊，這樣的話就好說了。如同本間先生所知，咖啡和文具的毛利不同，換句話說，它們比書賺得多。」

「書店能靠新書賺到的利潤太少了。」

「對不起，我也這麼覺得。」希子低頭致歉。「所以才會開始出現賣蔬菜或清潔劑，或是複合開設美髮沙龍的書店。」

本間常聽到與雜貨店或咖啡店複合營業的書店，但美髮沙龍倒是第一次聽到。他的腦中浮現類似地方小型商場的情景：拉下的鐵門，空蕩蕩的貨架，往來只見上了年紀的老人。在這樣的生活環境中，幾乎沒有書本登場的餘地。

「老實說，我自己也還沒想到，我們究竟能向本間先生提出怎麼樣的方案。不過這間店裡有一萬七百本書，而本間先生清楚每一本書的來龍去脈。這不是一件很厲害的事情嗎？而且這裡不只有舊書，還有以前的人的信箋或日記。對於不知情的人而言，得知這裡還有賣這樣的東西，一定會感到很新鮮。」

這話也許有幾分道理。

「我想要把意念賣給大家。」

希子低語。

「意念？」

本間反問。

「是的，意念。看著那張法國明信片的時候，我總是在想：這是誰，又是爲了什麼而寫的呢？這張明信片上，承載了怎麼樣的意念呢？說不定寫明信片的人，以及收明信片的人，都已經不在這個世上了。想到這些，我就會有非常不可思議的心情。」

本間深深頷首。印刷品的壽命遠比人類長。即便是這間店裡的書本作者，大概有八成都已經離開人世了。梵谷在死後，以畫家的身分獲得永垂不朽的名聲，也是因爲他在七百多封信裡面，留下了自己的「意念」。

「人總有一天會死，想法也會變化，然而只要以有形的方式保存，當下的思想和情感就能留下來。我想我之所以會被那張明信片吸引，就是因爲我想感受留在明信片上的意念。透過接觸他人的意念，就能誘出自己內心模糊的想法：『人是爲什麼而活呢？』、『人的一生是如此短暫。』、『活著的時候，究竟能和多少人相處、互相理解，相思相愛呢？』在自己這些意念的當下所在，或許會再產生出新的意念，或是產生變化……對不起，我無法好好解釋，你應該聽得很混亂吧。」

「不，不，我完全理解。」

本間打從心底感到共鳴。她果然是這間店最棒的客人之一。書店就是爲了憐物惜情的人而存在。

「我讀了你之前告訴我的《昔日之客》，書中也是飽含意念。應該說，書中如今也只剩意念了。畢竟不論是書店、店長，還是客人，都已經不在世上了。」

本間聽到這句話，不禁倒抽一口氣。如果現在把書店賣掉，就會失去形體。失去形體的話，承載的意念也會迅速消失。開店至今六年，儘管痛苦的回憶居多，但是箇中苦樂，都令人難捨。不論是喜悅還是悲傷，本間都是與這間店一同渡過。

梵谷生前無比渴求與他人的心神交流，透過信箋和繪畫這些形體而得以成眞。他的意念被留存下來，並且成功傳達出去了。

「怎麼樣呢？本間先生願意和我們公司合作看看嗎？」

「我需要做什麼？」

「首先，我們這邊會擬定方案，請給我們一點時間。」

11

陽子在腦袋中反覆推敲草稿，勾勒出大略雛形，又像著魔似地再三琢磨。她不能再讓希子失望了。她抱著背水一戰的心態，面對這次的稿子。

當陽子連標點符號都在腦中琢磨完畢，她打開電腦，在鍵盤上敲下第一行：

「我至今仍然記得——」

剩下的部分便有如水到渠成。

我至今仍然記得，母親在小學四年級的夏天，在當地一家百貨公司的日式餐廳「丸吉」，替我辦了一場慶生會。我們一共三人圍著桌子，我、母親，以及我當時的心儀對象A同學。

之前還能勉強視物的眼睛失明，於是我從第二學期開始將轉到盲人學校就讀。所以那一天的慶生會，也是我向A同學告別的歡送會。

A同學送了一個大象布偶給我。身爲造型師的母親告訴我，布偶的顏色是一種叫做

「萱草色」的橘色。

我們吃完飯，向A同學告別，我和母親逛了一下百貨。我在盲人學校要住宿舍，所以要把日常用品買好。

我從被母親拉著的手，可以感受到母親不悅的心情，讓我不禁心情一沉。我完全不知道母親爲何突然不高興，她剛才明明心情那麼好……

和A同學吃飯的時候，我感受得出母親在扮演「嘴上不饒人，但其實很關心女兒的母親」。母親說謊的時候，我總是能馬上察覺。當時的母親有著說謊的味道，聲音也有點冒汗。我很擅長看穿謊言，當時我還以爲是神明賦予我這樣的能力，取代祂奪走的視力。

在我們逛街購物的期間，母親的不悅沒有消散，反而更加強烈。

「回家了。」

在公車上，母親生氣地悶不吭聲。我們剛好坐在引擎上方的位子，每當引擎轟鳴震動，內臟就彷彿被人攪動，感覺很不舒服。

「媽媽是因爲花太多錢，所以覺得不開心嗎？」

母親有這樣的傾向：每當爲了打腫臉充胖子花太多錢，她就會繃起一張臉，好幾天都不開心。

「該不會是因爲我或A同學的關係？」

我試著回憶在餐廳吃飯時，自己或A同學有沒有做出令母親不悅的言行舉止，但毫無頭緒。一回到公寓，母親就把買回來的東西隨手一扔，直接走向冰箱。開啤酒罐的聲音傳入我的耳中。

我坐在房間的角落，撫摸A同學給的大象布偶。萱草色到底是怎樣的橘色呢？夕陽、椪柑、吊燈……我的腦中色票收藏了各式各樣的顏色範本，是我被告知總有一天會失明之後，我從小保存下來的色彩記憶。

「把那個丟了吧？」母親這麼說。

「咦……」

「那個只是在諷刺妳，不會有錯的。妳不知道所以才無所謂，不過有這麼一句成語，叫做盲人摸象，那個布偶就是用這句話來諷刺妳，眞是有夠壞心眼。快把那個丟掉。」

「但這個說不定眞的是A同學爲我選的禮物……」

我拿著布偶的手不禁施力。

「怎麼可能。」

母親對我的意見嗤之以鼻。

「小學四年級的小鬼，哪會選這種禮物。說起來，那孩子的母親打從一開始就讓人不爽。這邊去道謝的時候，也一直用鄙夷的眼神看人。不過是開個幾家店，就有那麼了不起嗎？就是因爲這樣，我才討厭有錢人。」

我自己也知道，布偶不是A同學自己選的。因爲母親在餐廳問起「這是A同學選的嗎？」的時候，A同學支支吾吾地回答：「呃、對，和我媽媽一起……」當時我就明白了：啊，這是謊言。

不過那是溫柔的謊言，是他爲了避免傷害我而說出的謊言。我只要被A同學溫柔以待，就會覺得渾身像是沒了骨頭。

母親沒再對布偶發牢騷，我也因爲得知母親心情欠佳的理由，而稍微平復了情緒。

我在暑假期間，住進了盲人學校的宿舍。我從小就容易失眠，所以我很擔心自己是否能適應宿舍生活。

宿舍的房間是四人房。我所在的年級只有三個女生，所以是由我們三人共用四人房。室友之一的個子很高，她的聲音會在我的額頭高度響起；另一人比較矮，她的聲音會在我的脖子高度響起。我很快就和她們成爲了朋友。

我們非常熱中錄製故事錄音帶。我們會一起編寫情景，並替故事配音。愛情故事最受歡迎，其次是靈異故事。錄音帶一完成，我們就會找老師和其他學生來聽。得到讚美就會讓我們大受鼓舞，試著做出更好的作品。我們甚至還挑戰過兩小時的愛情大河劇。

另一件讓我熱在其中的事情是閱讀。我讀遍了圖書館裡每一本點字書。從書本中得到的知識，對於撰寫錄音帶的腳本很有幫助。

開始上盲人學校，只有一件事讓我吃驚，那就是先天性失明的人，竟然能用難以置信的速度閱讀點字。速度最快的人，甚至能用和明眼人差不多的速度閱讀。學習點字就像鋼琴的早期教育，會取決於開始學習的年齡。我從十歲才開始學習點字，深刻感受到自己需要付出努力。這個時候，我便有一種預感，書本會成爲伴隨我一生的朋友。

當我注意到的時候，我才發覺我的失眠完全沒再發作。我以爲這是因爲我的成長，絲毫不曾想過是因爲我不再受到母親的情緒影響。

升上國中，有新生入學，我所在的年級變成男女合計十五人。

在我國中二年級的聖誕節，大我一歲的男生送了我一盒錄音帶。錄音帶上錄了三首歌：槇原敬之的〈無論何時〉、THE BLUE HEARTS的〈熱情的薔薇〉、井上陽水的〈少年時代〉。當然還附上了用點字寫成的情書，這是宿舍內的告白方式。

我不知所措，腦中考慮要回覆錄音帶的話，應該要用PRINCESS PRINCESS的〈Diamonds〉，不過這樣一來，就意味著我接受了對方的告白。

經過一番苦惱，某一天，我確認周圍沒人，在對方的耳邊低語：

「謝謝你的錄音帶，不過對不起，我已經有喜歡的人了……」

「嗯……」他用蚊子一般的聲量回應。對一個我從來沒說過幾次話，也無法觀察反應的對象，道出拒絕話語，感覺很奇怪。

不過那天晚上，我鑽進被窩，淚水便流淌而出。他鼓起勇氣向我告白，聽到有人說喜歡我，我覺得很開心。只是我另有意中人，這點也是事實。

淚水不停湧出，我從上鎖的抽屜中，拿出一封信。那是一封只有五個字的點字情書，是我轉進盲人學校沒多久，A同學寄給我的。

A同學想當然地沒有點字印表機，所以他是用接著劑把米粒黏在信紙上寄給我，好讓我能讀這封信。A同學寄給我的信就只有這麼一封，卻是我珍貴的寶物。我用手指反覆描摹著米粒，讓自己心情平靜下來。

國中二年級快結束，我必須開始考慮未來的生涯規畫。有人會繼續升學，就讀盲人學校的高中普通班；也有擅長鋼琴的人要就讀音樂班，還有人打算成爲針灸師。我告訴母親，自己想這樣繼續升學進普通班（當時我的眼中剛好出現一絲光明，是個非常不可思議的體驗）。

之後經歷許多事情，我又開始與母親同住。於是失眠又再次找上我，讓我的身體狀況每況愈下。此時我才開始懷疑，我的失眠或許與母親有關。

母親性情不定，喜歡抱怨。當她和我單獨在一起的時候，會稀鬆平常地說出不能在人前講的發言。她當然很疼我，對我照顧有加，我並不是不感謝她。只是母親也對我造成了同等的傷害與影響。一部分的原因，可能是因爲我是一個高敏感者。

讀過本書，讓我覺得得到了救贖。我第一次讀到這本書的時候，因爲自己實在太感同身受——和母親的糟糕回憶同時湧上——讓我有點過度換氣。即便如此，隨著時間經過，我還是因爲能對自己有更深的了解，而從中得到救贖。

我是一個高敏感者。我對他人的謊言敏感，拒絕別人的告白時，也會和對方同樣感到難過。最重要的是，我從小被母親的情緒左右擺布。

許多人想來都和我有相同的痛苦。據說每五個日本人中，就有一人是如此。請務必拿起這本書，讓這本書幫助你從痛苦中解脫，能關掉高敏感開關的方法，是確實存在的。

12

第一次的「雙人會議」是在店內舉行。

希子隔著櫃檯，把資料遞給本間。

「在部門會議上討論時，我們結論是：『現在要賣書，沒有祭典感是不行的。』」

「祭典感？」本間詢問。

「是的，我必須很遺憾地說，現在的人已經不會在日常生活中尋求書本，就像人在日常生活中，不會特地買棉花糖一樣。不過棉花糖一到祭典的時候就會熱賣，爲什麼？原因就是因爲祭典感。人在心情高漲的時候，就會比較容易手滑。既然如此，在祭典氛圍中賣書不就好了嗎？因此我們一直在討論，如何在店裡營造祭典般的氣氛。從結論來說，就是『搞合作活動如何？』，那張紙上就是合作活動的企畫。」

本間低頭看向手上的資料。

希子從旁補充說明。

「第一個企畫的綠意製作人，是一位想將植物與日常生活融合在一起的景觀設計師。

他有在設計餐廳和飯店等各式各樣的空間。書本和植物很搭，到時可以請他先試著在這家店裡妝點一些綠意，放點盆栽等。

「第二個的中藥食譜研究家，是一位開辦了一間『中藥時光』教室，年紀有點大的老師。她會替大家診斷和開處方，同時也在開發主打『美味中藥』的調理包和甜點，所以我想也許可以在店內擺些食材包。當然，講座之類的活動也是一個選項。

「第三位是瑜伽老師，提供到府課程，教導大家能幫助調節身心的呼吸法和姿勢。順帶一問，請問這家店的二樓目前有用來做什麼嗎？」

「目前是我的住處。」

「那麼瑜珈就必須要先解決空間的問題了。

「第四位的3D印表機藝術家，能提供用3D印表機印製的小模型或擺飾，擺放在店內的小空間或空隙。印出來的動物作品眞的很可愛。我們還討論到，如果把客人購買的書當場掃描下來，直接印製成擺飾，應該也很有趣。

「第五位是芳香精油諮詢師，對方能推薦適合這家店的芳香精油。

「第六位的電影諮詢也是配合客人需求，提出方案的提案型。對方能根據客人的煩惱，推薦三部有助於紓解煩惱的電影。

「到目前為止，以上有讓本間先生感興趣的方案嗎？」

「大概是植物和中藥吧。感覺顧店的同時，還能順便顧健康。」

「哈哈，眞的。我們家部長還說希望辦個特展，說是『要的話可以每天換主題，來個特展的一千零一夜！』」

「每天都要嗎！」

「抱歉，我們家部長是熱血體育系類型的人，容易熱血起來。當然，只要小小的特展就好，比如說只有五本書的特展，展示空間只有三十公分的特展，或是只擺設在收銀台前的特展。總之，最重要的是時不時舉行的新奇祭典，給人一種每次上門都有驚喜的雀躍感。只要一直持續，在社交平台上應該會成為話題，我們自然會在我們的帳戶上，公告相關資訊。」

「我明白了，請讓我想想。不過大家會接受合作活動的提議嗎？」

「在提出邀約之前，眞的都很難說，畢竟大家都很受歡迎。不過大家都有一個共通點，那就是想要傳達的訊息或事物很明確。簡單的說，這就是意念。寄託了意念的事物，便會傳達到大家的心中。所以如果能讓這家書店，承載著本間先生滿滿的意念，我相信客人一定會絡繹不絕。」

「意念嗎……」

要讓這家店擺滿舊書，那是小菜一碟。但如果要讓這家店，滿滿地展現出自己的意念，現有的舊書庫存就有點難說了。

「不過我還眞沒想到，大名鼎鼎的S出版社，竟然眞的要和我們店合作。」

「說什麼呢，」希子露出討喜的笑容。「我們公司也還在摸索中，所以才會試著接觸之前沒關注的東西，像是在地店家、小書店、閱讀社群，看看能不能透過這些交流，催生出新的東西。」

「這家書店就是代表範例嗎？」

「範例的其中之一。畢竟是在地店家，我也有幸得以和這家店結緣。店內賣的書看似與我們公司衝突，但實則不然的地方，也很方便合作。對了，本間先生，你說過老家是開書店的，你對新書書店不感興趣嗎？」

「沒什麼興趣。老實說，出版社出太多書了。」

「對不起。」希子輕輕聳肩。

「你們家出版社還算好的，業界整體的出版量，應該只需要現狀的十分之一就夠了。想在書架好好擺上作家好好寫出來的書，應該是大部分書店店員的心聲。相對地，書的定價可以提高到兩倍或三倍。在目前這種新書氾濫的情況下，根本沒人能找到屬於自己的書。光是這家店裡的書，要讀完就不知道要花幾輩子了。」

「您說得沒錯。」希子露出悲傷的眼神。

本間發現自己不知不覺拉高音量，連忙道歉：「抱歉，在那邊大放厥詞。不過我是一路看著父母苦過來的，我老爹過世，我就整頓了公司——也就是宣布公司破產。」

「這樣啊……」

「結果我自己也開了書店，書店的兒子果然還是離不開書店嗎。」

「令尊地下有知，應該會爲此高興吧。」

「很難說。」

「不會錯的。那麼我今天就到此告辭了，合作活動和特展，再麻煩您考慮了。」

「我明白了。」

剩下本間獨自一人的時候，他試著回想自己爲什麼會開舊書店，但記不起來。他已經遺失了自己年輕時的意念。

梵谷原本想當牧師，而當過見習牧師，卻被說「欠缺良知與精神上的平衡」，而遭到開除。然後，他在二十七歲的時候，決定「要以繪畫爲生」。從那時起直到他自殺，他都不曾動搖過。

年輕時的熱情與意念容易冷卻。如果要說梵谷是一位瘋狂畫家，眞正瘋狂的應該是他從二十七歲以來，都不曾放棄過自己的意念一事。本間想起梵谷死去時比現在的自己還年輕，就深深嘆了一口氣。一想到自己也許會就這樣忘卻意念，逐漸老去，迎向人生終點，就讓他無比難受。

13

期待已久的星期四到來了。

今天的午餐是約在一家叫「Bon Goût」的法式前菜小餐館。餐廳位在二樓，所以希子貼心地約在一樓階梯前碰面。

「啊，陽子，在這邊！」

希子的聲音從前方傳來，不過陽子早在之前就注意到希子。因爲只要一看到希子，安的步伐就會變得很雀躍。

「抱歉，希子，謝謝。」

兩人一狗踏上階梯，被領入座。

不少客人似乎都點火焰薄餅套餐當午餐。空氣中飄散著烤得酥脆的薄餅所散發出的小麥香氣。希子點了鮭魚美乃滋與芝麻葉的薄餅，陽子則點了鯷魚與洋蔥的薄餅。

希子等陽子點完餐，便出聲說道：

「稿子眞是太有趣了！」

陽子不禁露齒微笑。希子在邀約午餐的來信中，也寫著對稿子的讚美，所以陽子猜得到希子的反應。不過當面聽到讚美，還是讓她很高興。

「A同學給的米粒情書是怎樣！我光看到那邊，就覺得像在看電影預告片一樣，整個人眼眶一紅。」

「太好了，妳喜歡就好。」

「那個故事能再多說一點嗎？」

「哎？」

「能寫寫A同學寄情書給妳的那一段故事嗎？這次寫成短篇小說。我們會以特別篇的形式登出，萬事拜託了。啊，小說中用『A同學』稱呼有點微妙，請換個方便的名字。」

「喔……」

還沒回過神的陽子曖昧地應聲回答。在散文後，接著是短篇小說？

餐點一送來，希子便握著陽子拿叉子的手，告訴她盤子上有哪些料理。

「這是蕪菁，這是萵苣。胡蘿蔔在這邊，水煮蛋在這邊。湯放在這裡。」

法式前菜的鮮明色彩浮現在陽子眼前。

「謝謝，那麼我開動了。」陽子將食物送進口中，每道菜都非常美味。雖說是前菜，但料理既不會太清淡，也不會太重口，調味和分量都恰到好處，十分適合女性。

「對了，我下次會和一位中藥研究家見面。她在開發加入中藥材的狗食，我下次可以帶一些送給安嗎？」

「眞的嗎？安一定會很高興的。」

「太好了！其實我超喜歡安的，但我在導盲犬協會網站上看到，安穿著導盲鞍的時候禁止打擾，所以我平常都盡量避免和牠有眼神交流。能送禮物給牠，眞的很開心。」

「安也很喜歡希子喔。牠今天也是一看到希子，腳步就變得很雀躍。現在牠也因爲希子剛才提到自己名字，開心得不得了，只是沒表現出來而已。」

「啊嗯，我們明明彼此在意，卻無法表現出來，眞是令人撓心難耐。啊，剛才的『啊嗯』，是不是有點像跟『安』諧音的笑話？」

陽子呵呵地笑出聲。「話說那位中藥研究家，她是有出書嗎？」

「不是，其實我和這附近一家舊書店合作進行一個企畫，這位中藥研究家就是企畫之一。我們目前打算先試著在店內放些中藥食材作爲實驗。雖說是中藥，不過其中也有把砂糖量盡可能降到最低的甜點，很好吃喔。我下次也帶一些給陽子。」

「謝謝。」

「既然說到了甜點，我們也來點一下吧？」

「嘿嘿，那就點囉？」

兩人加點了法式甜點。陽子是點烘焙茶口味的法式奶凍，希子點生乳酪慕斯蛋糕。

「嗯，眞好吃。」希子心滿意足地說。

「眞的，感謝招待。」

「那麼關於稿子的事情，就拜託了喔。」

陽子喝口水，清了清嘴巴，開口回答自己願意接下委託。

14

本間把剛才收到的中藥食品調理包和茶包擺設好，並在旁邊擺上東方醫學的相關書籍，完成了中藥特展的陳列。

他試著從櫃檯望過去，覺得效果不錯。希子用明亮色彩寫的手繪廣告也是功臣之一，整個店內看起來，就像是唯獨特展一區擺了花一樣。

望著特展區一陣子，本間在櫃檯打開筆記型電腦。他這陣子都在寫特展企畫案構想。

女性日記書展（立刻能好）
往返書簡集書展（立刻能好）
異色對談書展（立刻能好）
多重人格書展（想以中井久夫作爲重點書，要再多進幾本）
印象批評書展（落語和文學類居多，歌舞伎少）
好結局小說書展（意外想不太到）

壞結局小說書展（意外想不太到）

苦澀結局小說書展（完全想不到。奇怪，所有小說應該都屬於這三種的其中一種才對）

名言集書展（到府收購時收到大量書籍）

以書店和圖書館爲舞台的作品書展（要把出版社也加進來嗎？）

鰥夫回憶錄書展（多到生厭）

寡婦回憶錄書展（多到生厭）

梵谷相關書展（立刻能好，不過等自己讀完再說）

按作家出生月分分類的書展（這樣從一月到十二月，就能湊出十二個特展）

業餘學者書展（差不多也該出掉那本從開店就在的《打鐵生活者》初版書了）

只要出聲詢問就能體驗坐櫃檯的特展（已經跟書展沒關係了）

照這個樣子列出來，雖然一千個特展還是有困難，但五十個應該沒問題。讓整間店像花田一樣，到處妝點著特展的手繪廣告，感覺不壞——就在本間這麼想的時候，前妻從LINE傳來訊息。

沒有開場白的內文這麼寫著：

〈關於會面交流的約法三章〉

・遵守約好的時間地點
・不說前配偶的壞話
・不要糾纏孩子，詢問前配偶的生活現況
・不要隨便送孩子禮物
・不要隨便向孩子做出承諾
・尊重目前與孩子生活的家長教育方針

本間瞬間火冒三丈。他試著告訴自己別生氣，但一想到這則訊息背後的那個男人，他實在很難保持冷靜。這則訊息到底是在搞什麼鬼？

第二則訊息來了。

「如果你能遵守這些規則，今後星期四依舊是會面日。」

不成聲的怒吼在腦幹一帶揚起。你們憑什麼這樣對我說？本間用氣得發抖的手——不爭氣的是其中還摻雜幾分類似恐懼的情感——打出回信。

「妳這是什麼意思？」

「你那天不是向小風問東問西嗎？他不喜歡這樣子。」

「眞的嗎？五歲的小孩會這麼說？」

「眞的。總之，你能保證遵守這些規則嗎？」

訴訟、會面、調解、審判……各種字眼在本間的腦海中閃過。「要槓上的話就來啊」的心情湧上胸口，然而最後浮現於腦海中的小風笑容，打消了一切念頭。

「我答應。」

本間帶著深深的挫敗感回覆。

手機回到主畫面，顯示出一張全家合照。那是小風出生後百日參拜的照片。裹在襁褓中的小風，被抱在前妻懷中，本間則是抱著兩人似地，伸臂環住前妻的肩膀。兩人臉上都浮現幸福的笑容。

「可惡。」

不甘心、空虛、沮喪、挫敗，本間想向人吐露這些心情。不過這個世界上，沒半個人對本間的感情生活感興趣，眞是令人吃驚。本間所有的想法，都會以腦內電流訊號的形式空虛消散，半點不留痕跡。

——我孤獨一人，就和梵谷一樣。

這樣的想法浮現之後，本間馬上就注意到自己的錯誤。梵谷還有西奥，那位從兄長的七百多封信中，傾耳聆聽兄長心聲的溫柔弟弟。

也就是說，只有我是……再繼續說下去的話，本間感到支撐自己留在這個世上的某種東西，彷彿會就此斷裂。

本間嘆了一口氣，決定把這當作結束構思的信號。

15

「這位是轉學過來的竹宮陽子。」

在班導這麼說之前，我就已經感受到三年二班三十七道好奇戳人的視線。原因大概是原本應該會替這個班級再增加一道視線的我，眼睛一直半閉著。

「竹宮同學視力有障礙，看不太到東西。希望大家多伸出援手。」

一到下課時間，被安排坐在第一排的我馬上被女同學包圍。

「妳的眼睛還能看到多少？」

「妳能自己一個人洗澡嗎？」

「妳喜歡什麼顏色？」

我面帶微笑回答大家的問題，試著不讓她們失望，但也不太過激起她們的好奇心。男同學們則擅自翻開我專用的放大影印版課本，連聲喊著「好威喔」、「好大」、「太爽了吧」。

事情發生在我轉校一陣子後的體育躲避球課上。

比賽一開始，兒玉同學丟的球就直接砸到我的臉上。兒玉同學是班上運動神經最好，對女生也毫不手下留情的人。相比之下，我連丟球的時候，都不知道哪邊是球，只能在中線附近不知所措，可說是兒玉同學眼中絕佳的靶子。

我的眼鏡被砸飛，鼻子流出鼻血。

「誰帶她去一下保健中心！」班導見狀大喊。

被人拉著手離開時，我忍受著噁心的血腥味尋思：「這難道不是天罰嗎？」這一切其實是神明爲了懲罰我，才透過兒玉同學給我制裁的鐵拳。當時的我只要一遇到不愉快的事情，就會有這樣的想法。

「她的眼睛最終會變得什麼都看不到。」

班上的每個人都知道這件事，儘管如此，我仍是躲避球比賽的一員。原因是母親這麼拜託班導：「即使只能看到一點東西，在她還能視物的時候，希望不要給她特別待遇，而是和其他人一樣一視同仁。」

於是我在下一堂躲避球課，依舊站在躲避球場地中。我一想到可能又會被兒玉同學盯上，就害怕得不得了。兒玉同學的球太快，我連球的影子或形狀都看不清楚。直到身體某處受到衝擊，我才會隨著激烈的痛楚，慢一拍地意識到自己被打中了。

問：爲什麼神明要對我降下苦難呢？

答：因爲我是被選中的人。

我必須抱著這樣戲劇性的想法，才能參加躲避球比賽，畢竟我一定又會被球打下場。不過沒想到比賽一開始，就有一道身影站在我的面前，原來是風間同學。我才在想「太魯莽了」，風間同學就一如猜想，沒兩三下就被兒玉同學一發打下場。

當時我以爲只是湊巧，不過下場躲避球比賽一開始，風間同學又站在我的前面。多虧他挺身，我才免於再次遭到兒玉同學的毒手。我成功和兒玉同學拉開距離，被其他人打中的機會變多了。

學期末的時候，結束家長個人對談回來的母親對我說：

「聽說妳在躲避球課上，有一位風間同學都在保護妳？我現在就帶禮盒過去，跟他們家道謝。」

我不想讓她這麼做，但我知道母親愛面子，不喜歡欠人人情，就算阻止她也沒用，所以我只是保持沉默。

從風間同學家回來的母親心情變得很差。她大概因爲風間同學家很有錢，所以感到不高興。我們家是單親家庭，畢業於裁縫學校的母親雖然自稱造型師，但實際上是靠修補衣服和在乾洗店兼職來維持生計。

小學三年級升上四年級不會換班，班導也是同一個人。

在梅雨季前，我開始拄著白手杖上學。

「陽子，妳還好嗎？妳的眼睛已經看不到了嗎？」

女同學們似乎很擔心地出聲詢問。

「還好，我還能稍微看到一點東西。」

然而在我這麼回答之後，大家卻無趣似地表示「什麼啊」。

不過當時我的眼睛已經處於末期狀態，不管我把放大影印過的課本拿得多近，都無法讀出上面的文字。別說辨識形狀，就連光量都變低了。不過我並不難過，畢竟我從小時候，就被大人告知我總有一天會失明。

這是天罰。

我還是忍不住抱著這樣的想法。

我在某個遙遠的星球上，摘了一朵被禁止摘取的鮮花，因此惹怒神明，被放逐到地球來。我經常妄想這樣的故事。除了這個故事，我還想像過其他版本的故事，例如「我被王子看上，所以遭到嫉妒」，或是「我在不知情之下，戴了被詛咒的戒指」。不管是哪一個版本，最終的結局都是我遭到神明懲罰而失去光明。

某一天放學，我在腦內自娛地想像著這類故事，一邊等紅綠燈。雖然我必須在附近有其他人或車輛的情況下，才能分辨紅綠燈的燈號，但因爲大約十秒前，才有一輛車從我面前開過，所以我認爲當時是紅燈，而在路口等待。

等待的時候，有人從我後方經過。

「現在綠燈喔。」對方輕語。

我猛地從妄想中清醒，踏出步伐。

察覺到的時候，某個巨大的物體急速朝我衝來。

「嘰——」物體發出劇烈聲響停了下來。

卡車司機打開車窗，大罵「混帳東西！」，我當場嚇傻，完全無法動彈。司機爲了避開我，只好先倒車再駛離。

回到家，我也依然無法停止顫抖。我告訴母親自己暫時不想外出。母親問我緣由，我只好告訴她。

「我想應該是兒玉同學的聲音……」

母親聽了之後，勃然大怒地殺上兒玉同學的家。起初兒玉同學還辯稱不是自己，結果反而火上加油，更加激起母親的怒火。

「你還眞敢說！我家的孩子可是連麻雀的叫聲都能辨別！」

這倒是眞的。我能從麻雀的叫聲，說出外面的天氣和時間。只不過問題並不在此。我幾乎能看穿所有謊言——應該這樣才對，然而我無法看穿兒玉同學的謊言。爲什麼？因爲「現在綠燈喔」這句話太短嗎？還是因爲當時我沉浸於想像中？我難以明白箇中緣由。

這件事在全校的家長會上也被提出來討論。校長向家長們說明情況，低頭道歉的事情傳遍學校之後，我不知爲何開始被女同學們排斥。可能是母親鬧上教職員辦公室的傳聞，給其他家長留了不好的印象，讓他們覺得「也許還是和那個女孩子保持一下距離比較好」……

吃完學校的營養午餐，我爲了漱口打開水龍頭，結果被冷不防地這麼說：

「陽子好不衛生——」

我爲了不讓水滿出來，所以習慣上會把手指伸進杯子確認水量。我之前也都是這麼做，但當下的其他女同學跟著紛紛表示「噁」、「好髒」。

我開始需要一個能讓我獨自渡過午休的地方。

我試著憑藉我的五感（話是這麼說，但其實是靠視覺以外的四感），尋找沒什麼人的地方，最後找到自然教室盡頭的走廊。那裡是學校內最冷最暗的地方，因此鮮少有人經過，一到午休時間，就沒有任何人靠近。

午休時間一到，我就會拿著塑膠點字一覽表，摸著牆壁朝那裡走去。

在宛如土牢般寂靜的空氣中，我一屁股坐在走廊地板上，尋思起自己爲什麼在這樣的地方，自己又是被誰逼到這裡來，結果發現恐怖的不是天罰，而是人類集團。棲息在黑暗中的我，心情更加陷入深沉的黑暗。

某一天，我在那裡一個個摸索點字的時候，有人向我搭話。

「竹宮，妳在做什麼？」

「咦，風間同學？」我把頭轉向聲音的方向。

「嗯。」

「我在練習點字。」

我舉起一覽表。

「哦——原來這就是點字。」

風間同學湊向點字表。啊，對了，風間同學今天負責抬營養午餐，他一定是在還餐具回來的路上，經過了這裡。我在心中如此推論。

「我能摸摸看嗎？」風間同學詢問。

「行呀。」聽到我的回答，風間同學伸出手指，滑過點字表「完全搞不懂。」他遺憾似地這麼表示，讓我笑了起來。要是一下子就懂，我也不需要費這麼多工夫了。

我拉著風間同學的手，告訴他：「你看，這個是『A』，這個則是『I』。點字是有規律的，記住規律的話，就學得很快。」我只是輕輕把手放在他的手上，但風間同學的手就像是做了電腦斷層掃描，骨節分明地浮現在我的腦海中。他的手背有點粗糙，給人一種男生的手的感覺。

結果風間同學陡地站起身。

「我得去打球了。」

他這麼宣稱。大概是被女生握著手的樣子，要是被人看到，會有損他身爲男生的男子氣概。他拋下這句話就嗖地跑掉了。

隔天午休時間，我又在老地方學習點字，結果從營養午餐準備室的方向傳來腳步聲。我暗自希望是風間同學，最後眞的是他。

「嘿，妳又在練習點字嗎？」

「嗯。」我努力壓抑胸口的怦怦心跳，出聲回答。

「我其實覺得那張點字表還蠻酷的。」

「酷？」我歪了歪頭，有點難以理解覺得點字表酷的審美基準。

「妳為什麼要練習點字啊？」

「因為以後我要讀書，就只能靠點字了。此外，雖然現在還是祕密，不過我等上學期結束就要轉校了。」

「咦，要轉去哪裡？」

「盲人學校。」

「什麼樣的地方啊？」

「給看不到的小孩讀的學校。」

「喔……」

我們之間陷入沉默。我趁他還沒像昨天一樣突然離開，出聲道謝：「謝謝你。」

「為什麼？」

「好比說，像躲避球的事情之類的。」

「啊？那又不是為了妳。」

風間同學的聲音有點冒汗，聲音變得有點高，讓我開心了起來。這代表他在撒謊。

在休業式將近的某一天，母親這麼說：

「妳爲什麼不開個慶生會？還可以順便當作歡送會。」

我對此沒什麼興趣，但還是這麼說：

「如果風間同學願意一個人來，我就想辦。」

母親很不情願，但到最後，她還是在那天給風間同學的母親打了電話。

「小女即將轉去盲人學校就讀，住進學校宿舍。因此想邀請總是對小女很親切的風間同學，參加小女的慶生會兼歡送會。慶生會是在休業式當天的中午，站前百貨公司六樓的『丸吉』舉辦，不知道風間同學願不願意來呢？」

據說風間同學的母親當場答應，連問都沒問風間同學。

休業式當天，班導向全班宣布我要轉校的事情，教室裡揚起一片「咦——！」，等到班會時間結束，女同學們圍著我，此起彼落地說：「要保重喔」、「要寫信喔」。甚至還有人哭了起來。這些人明明直到昨天爲止，都沒人肯跟我說話。

我兩手提著大包小包回家，換上比較漂亮的衣服，和母親一起前往「丸吉」。在店門前等沒多久後，風間同學也來了。我們被領到一張四人桌入座。

母親親切遞出菜單，對風間同學這麼說：

「風間同學，別客氣。吃完再來點個甜點吧。」

丸吉是個大眾食堂，什麼菜色都有。風間同學點了拉麵和可樂，我點了漢堡排配葡萄口味的芬達汽水，母親則是點了拿坡里義大利麵配啤酒。喧鬧的一家人、番茄醬的氣味、餐具掉到地板上的聲音。即使眼睛看不到，我也能充分感受到餐廳的熱鬧氣氛。

乾杯後，風間同學有點吞吞吐吐地說：「那個、這個給妳。」

「哇，陽子，風間同學送禮物給妳喔。妳看，上面還綁了可愛的紅色蝴蝶結！」

我摸索著解開蝴蝶結，從裡面出現柔軟的布料和棉花團。禮物的內容是絨毛布偶，我伸手撫摸，感受到布偶有一個長鼻子。

「大象？」

我出聲詢問，母親便回答：

「是呀，顏色是一種叫做萱草色的橘色。這個想來是風間同學的媽媽選的吧？」

「呃，嗯，是的，是我和媽媽一起……」

啊，我馬上明白他在說謊。這一定是風間同學的媽媽選的。

「品味真好，真懂女孩子的心。」

母親佩服似地這麼說，不過這也是謊話。

後來我們一邊說著「肚子好撐」，同時連甜點都一點不剩地吃光光。我們在店門口，準備和風間同學分開。

我從提袋中，取出點字一覽表。

「這個給你。」

「咦，可以嗎？」

「嗯，我已經記起來了，而且你說這個還蠻酷的。」

「謝謝。」

「那我們走吧。」母親牽起我的手。

「再見。」我說道。

「再見。」風間同學也回道。

那一刻，我覺得自己彷彿和風間同學四目相交。儘管我的眼睛幾乎閉上，但我感到有一根筆直的透明絲線，連接起我們兩人的眼眸。這也許就是命運的絲線，我這麼想。

我在暑假期間搬進宿舍。我和同房的人很快就成爲朋友。其中一人說自己的妹妹看得見，能代筆替我寫信。我便拜託她的妹妹，寄信給風間同學。

我搬進宿舍後，終於安頓下來。宿舍每天六點半會點名，學校也有各式各樣的規矩，不過老師和同學們人都很好。這裡還有點字圖書館，讓我很開心。我把從你手上收到的大象布偶，一直放在枕頭旁邊。我喜歡風間同學。

最後一句話讓我猶豫了好幾次，思考到底該不該寫上去。不過室友們一直鼓吹「寫啦」、「不寫人家不會知道」，讓我下定決心寫了上去。

令人日思夜想的回信在兩週後寄到，那是一封用米粒寫成，只有五個字的點字信。

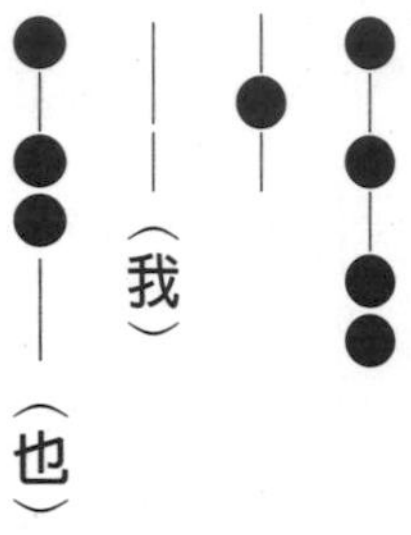

●●●─●●（一）

─●─●─●

─●─

──（樣）

●●─

─●（唷）

他大概參考了我給的點字表。一粒粒黏貼米粒，想必很辛苦。

「我也喜歡妳。」

我一遍又一遍地撫摸著米粒，感覺自己彷彿在作夢。然而腦中閃過一個念頭。

──我可能再也見不到風間同學了。

想到這一點，我頓時陷入茫然。

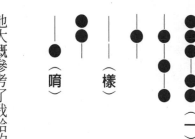

16

「喝！哈！」

從店門口傳來小風的聲音。

本間納悶小風在做什麼，但因爲他正在一邊看著筆記型電腦上的資料，一邊和工會的人打電話，所以沒法查看確認。

電話結束時，小風跑了進來。

「爸爸，我也想學空手道！」

「令公子很有資質喔。」跟在後面進來的希子，面帶爽朗微笑稱讚。「我才教他一會，他就已經把平安初段學起來了。」

「平安是什麼？」

受到誇獎一臉開心的小風問道。

「是空手道的一種架式喔。」希子回答。

「還有二段嗎？」

「有啊。」

「教我！教我！」

「好啊，我下次教你。」

「大姊姊很強嗎？」

「還行啦，畢竟我可是空手道七段。」

希子比出拳頭，小風便發出一聲「喔——」雙眼亮了起來。「小風也是游泳六級喔。」他自豪地說道。

「好厲害！大姊姊我游泳就有點弱。」

「很簡單，只要這麼做就好了。」

小風示範換氣的方法。

「嘿，小風。」

本間叫住小風。「爸爸接下來要談工作，乖乖去二樓睡覺。你現在還在發燒吧。」

「咦，眞的嗎？」

希子露出歉疚的神情。

「說是發燒，其實只有三十七點四度，對小孩來說，應該接近正常體溫。即使如此，幼稚園還是會來通知，請家長把小孩接回家。乖，上二樓去吧。」

「好——」

小風爬樓梯爬到一半，轉頭詢問：「我可以看YouTube嗎？」本間說好。

剩下他們兩人之後，希子說道：

「原來本間先生有小孩呀。」

「是啊，他現在和我前妻一起住。」

「這樣啊……」

希子顯得有點尷尬，讓本間覺得有點抱歉。

「其實會面的日子應該是星期四，不過他發燒時，我有時也會像這樣接他。」

前妻今天似乎無法接聽幼稚園的電話，所以園方才打給本間。前妻至今還沒聯絡。

「狀況感覺怎麼樣？」

希子指著中藥特展詢問。

「嬰兒學步吧，畢竟才剛開始。」

本間跟著看向中藥特展陳列區，答覆希子。除此之外，還有其他三個特展也已經開始了，分別是作家訪談書展、遊記書展、育兒隨筆書展。本間還和希子分頭做了手繪廣告。

用各種顏色的簽字筆完成的手繪廣告，讓店內帶點南國風情。每次擺上新的手繪廣告，希子就會拍照上傳到Instagram上。不愧是S出版社的帳號，照片有不少人點讚，讓本間暗地裡頗受鼓舞。

「下個星期三，中藥的米原小鳩老師會來我們公司開會，之後我想帶小鳩老師來這裡一趟，可以嗎？她說想看看實際銷售的樣子。」

「當然，請務必光臨。」

「那到時我會再聯絡，讓我們一起加油吧！也請小風多保重喔。」

希子露出特大號的笑容後離開。真是一個好女孩，本間不禁這麼想。她活潑爽朗，又充滿知性。現在對本間來說，她右臉頰上的瘢痕就像酒窩一樣。本間想像了一下，要是像她這樣的女性，能當小風姊姊的話，或是年紀相差較大的表姊，或是母親……

下午四點剛過，前妻那邊來了聯絡。

「我現在搭車過去，讓小風準備好。」

二十分鐘後，一輛計程車停在店前的狹小道路上。她從車內向小風招手。

「爸爸拜拜。」

小風有點寂寞地揮了揮手，搭上計程車。本間和前妻之間只有短暫瞬間的眼神交會。

連句話也不說嗎，本間悶悶不樂。

本間並不求她感激自己，但希望她至少道聲謝。畢竟她才說了不要隨便送禮物、隨便做出承諾之類的話。

晚上的時候，本間收到前妻的LINE訊息：

「以後這種時候，請不要隨便去接小風。我這邊會想辦法解決，也已經和幼稚園這麼說好了。」

本間覺得這種做法實在說不過去，簡單說，這並不是最爲小風著想的做法。本間回覆前妻的訊息：

「但是小風身體不舒服的時候，不早點把他接回家的話，小風也太可憐了。反正我可以先關店再去，完全沒問題。」

回覆馬上就來了。

「這是我家的方針，別多嘴。」

17

希子來信，內容是「我想向妳介紹我家的文學編輯」。當電腦用合成音讀出這句話的時候，陽子納悶地偏了偏頭。

「和我同時期進公司的同事裡，有一個叫近藤誠也的男人。我通常用『近藤』或『你這傢伙』來叫他。雖說同時期進公司，不過近藤重考兩年，留級兩年，還讀了兩年碩士，所以年齡是比我大六歲的三十三歲。最近小肚子開始變得明顯（哇哈哈，可憐吶）。

「近藤是京都大學哲學系畢業，學生時代參加了著名的推理小說研究會。將棋也強到可以參加全國大賽。我們公司的人都在開玩笑說，他大概就是以我們公司每年只有一個的『怪人名額』入選的。雖然是個奇怪的關西知識分子，不過現在是文學編輯部的希望之星。他常常讀英文推理小說的原文書。

「這個近藤呢，他讀到前幾天更新的陽子小學故事，似乎大爲感動。他一直嚷嚷著說：『這個人很會寫小說，求介紹！』下次的週四聚餐，我能帶他去嗎？他這個人有點煩人，但不是個壞人。

「如果妳願意見見他，近藤說想約在神樂秘的『GELATERIA THEOBROMA』見面，因爲這傢伙超級愛甜食。那家店確實蠻好吃啦。約個下午兩點如何？雖然這樣就要跳過一次午餐聚會，不過希望妳考慮一下。」

陽子馬上打下同意的回覆。她雖然不覺得自己能寫出多像樣的小說，不過很樂意擴展人際圈。

到了約好的日子，因爲餐廳的路有點難懂，所以希子到公寓來接陽子。

「謝謝妳，希子。」

「我才要感謝妳呢，謝謝妳願意抽時間來。近藤已經先到店裡保住座位了，我們慢慢走過去吧。」

兩人一狗邁開腳步。和希子同行，讓安顯得很開心。

「最近會很忙嗎？」希子詢問。

「完全不會。不過眞是緊張耶，對方是妳們出版社的希望之星，想必很優秀。」

「啊哈哈哈，敬請安心，他那人優秀歸優秀，但也不過是個讓人都想對他說『近藤誠也，你也差不多一點』的傢伙。」

兩人從大道轉進小路，走進餐廳。

「啊，竹宮小姐。」

從座位起身的聲音響起。「感謝妳撥冗來一趟，我是近藤。」

近藤遞出的名片背後有一粒粒的突起，讓陽子不禁「咦」了一聲。

「嘿嘿，妳注意到了啊。我一聽說可以和竹宮小姐見面，就準備了背面印著點字的名片。隔壁的東五軒町的印刷店有提供印刷點字的服務。」

「哎，什麼什麼？我也要一張。」希子伸出手。

「喏，拿去。」

「眞的是點字耶。上面寫什麼？」

陽子噗哧地笑了出來。

「什麼，是什麼！快告訴我啦。」

陽子讀出名片背後的字。

「近藤誠也，沒法讓你見見這位帥哥，實在非常遺憾。」

「你這傢伙，竟敢厚顏無恥地撒謊。陽子，這傢伙才不是什麼帥哥啦。」

「嘖、嘖，」近藤搖了搖手指。「希子閣下，此言差矣，哲學家哈特曼可是也這麼說過：『美醜的判斷最終還是主觀來著』。」

「哈特曼可不會一口關西腔。」

「好啦，站著說話也很奇怪，大家坐吧。竹宮小姐要點什麼？我從昨晚就決定要點季節限定的聖代套餐，不過來到這邊，這份決心卻開始動搖了。簡單說就是義式冰淇淋套餐也很令人難以取捨。如果上帝問我最後的晚餐要選哪一邊，首先從存在主義的觀點來說——」

「你先閉嘴一會。陽子，菜單上還有巧克力聖代、蛋糕套餐或巧克力套餐。巧克力聖代有堆得高高的鮮奶油和馬林糖，蛋糕是普通大小，巧克力都是一口大小。」

「嗯，該選什麼呢……」

陽子在腦中想像盛裝的容器和上面的食物。有初次見面的人在場的話，陽子向來會選擇比較方便食用的餐點。畢竟要是不小心出糗，或是表現出吃得不太方便的樣子，就會引起對方關切。

「那我選巧克力套餐好了。」陽子說。

「了解。飲料要什麼？」

「有大吉嶺紅茶嗎？」

「有喔。」

「那就大吉嶺紅茶。」

「我要雙球義式冰淇淋和義式濃縮咖啡。你的哲學難題煩惱完了嗎？」

「我果然還是回歸初心，選季節限定聖代好了。畢竟哲學家柏格森也說過『有八成的直覺是正確的』。」

「近藤先生真是博聞多識呢。」

陽子欽佩地說道，近藤才剛開口說「沒這——」，就被希子打斷。

「沒這回事，這傢伙說的話大部分都是隨口亂說的，只有一成可信。」

「竟然直接打一折！這可不是關門大拍賣最終日的最後一小時啊。」

「基本上就是吧。」

「也太冷酷了吧。好啦，開場寒暄就到這邊。我讀了妳對高敏感者一書的書評，以及妳與風間同學之間的回憶，害我不禁掉眼淚。」

「哎？」

太意外，反而讓陽子有點心生戒備。

自己的稿子是能讓大男人落淚的故事嗎？她尋思。

「其實我從小就喜歡少女漫畫。我並不是說竹宮小姐寫的故事很少女漫畫，只是兩者之間確實有共通的東西：盲眼的女主角、不睦的母女關係（歐美的話，大概就會設定成繼母繼女關係）、白馬王子，以及一封情書（還是用米粒寫成的五字情書！），這一切簡直是完美的安排。能在短短篇幅內，巧妙地將元素融入故事，實在是深感佩服。」

「謝謝。」

聽完分析，陽子終於能坦率道謝。她心中還產生一種新奇的驚訝，原來小說編輯會以這樣的切入方式來看待故事。

「不過能看穿謊言，眞是很厲害耶。」近藤說道。

「關於這點，」陽子應聲。「我在某個地方讀過，人的眼睛是非常複雜的器官。構成五感的器官所用的細胞，似乎眼睛就占了其中八成。不過視障者能將這八成的細胞用於其他方面，因此聽覺，以及所謂的第六感會變得更加敏銳。而當人們撒謊的時候，聲音可能會有所改變，產生有別於平常的分泌物，或是發出邪惡的腦波。」

「也就是說，竹宮小姐對這些的感應器特別發達？」

「大概是這樣。」

「原來如此，令人信服的解釋。」近藤回答。「容我切入正題，能請竹宮小姐重新修撰那兩篇文章嗎？我想請妳把兩篇故事寫成一篇短篇小說，發表在我們家的線上版小說雜誌上。」

把這兩篇文章合成一篇小說？太過突如其來的提議，讓陽子一時之間難以理解。此時希子從旁解圍。

「文章本身應該不需要什麼修改吧？」

「是的。」近藤點了點頭。

「但就陽子的情況而言，就算是複製貼上的作業也很麻煩。不介意的話，就由我來合併兩篇文章，再請身爲作者的陽子來校訂這份稿子，這樣應該會比較方便。你基本上應該是想照時間順序來推動故事吧？」

「沒錯。」

「那文章就大致上保持不變，把現有的兩篇作品，依照時序安排情節，改寫成一篇短篇小說。這項工作能交給我嗎？」

「我明白了。在那之後，再由我來修訂就好了吧？」

「是的，」近藤回應。「如果再追加一點描寫，應該能改寫成一篇三十頁稿紙的小說。接下來，我也有在考慮請竹宮小姐再寫幾個短篇，最終整理成一本短篇集。」

「短篇集……」

對陽子而言，這個提議簡直猶如捕捉地球另一端的雲朵一般飄渺。

「當然，這並不是馬上就要進行，而是一個中程的目標。不過竹宮小姐本身有才華，應該還有不少可寫的故事。有什麼人物或事情，曾經給妳留下深刻印象嗎？」

「印象深刻的人物或事情……」

「這個也不用現在急著想，可以花時間慢慢回想。」

「我明白了。」

關於工作的話題就到此告一段落，三人開始享受甜點。

近藤大談他學生時代的趣事，說起他喝醉之後，跳進京都木屋町水深僅三十公分的河裡，受了要治三週才會好的傷；或是將棋的棋子一個個不見，只好用十元硬幣或安全別針代替，搞到最後，棋盤上一堆雜物，讓人看不出來到底是在下什麼棋。陽子揚聲大笑，但在她腦袋裡的某個角落，她還在思考剛才給她的課題。印象深刻的人物或事情……

「幫妳再倒了一杯，請用。」

希子替陽子將大吉嶺紅茶倒進茶杯。

「謝謝。」

陽子拈起一塊巧克力送入口中，用大吉嶺紅茶潤了潤喉。把茶杯放回碟子上之後，陽子向兩人開口：

「其實那個故事之後，還有下文。」

「什麼？」兩人異口同聲地反問。

「我在高二那年的夏天，再次遇見了風間同學。」

近藤發出放下湯匙的聲響。

隨後傳來他壓低聲音的語聲。

「您果然還有藏招啊，願聞其詳。」

18

本日「中藥時光」的米原小鳩老師大駕光臨！

下午四點起的前五位客人將提供免費診療。

本間將希子用電子郵件傳給他的傳單印出來，張貼在店門外。

快到四點的時候，希子和小鳩老師到了。

「歡迎光臨，我叫本間。抱歉，店面很小。」

「你好，我是米原。哦，你是擺在那裡呀。」

小鳩老師簡單打過招呼，便大步走向中藥特展區，步伐敏捷得完全不像七十六歲。根據本間事先看過的個人資料，小鳩老師年輕時曾經當過芭蕾老師。她直挺的背脊也許有這層緣故。

「這樣跟書擺在一起，感覺很不錯呢。」

她說話的語氣也很爽朗直快。

「不少人都是書和食品兩邊都買。」本間回覆。

「哎呀，是這樣嗎。我在長野的松本也開了一家中藥店，我也想像這樣在店裡擺書，你能寄個幾本給我嗎？」

「一套就好了嗎？」

「嗯，暫時先一套。」

「我會盡快整理寄出。」

「麻煩你了。好了，本間先生，是吧？」

小鳩老師鄭重其事地念出本間的名字，認眞注視著他的臉。她的眼神看起來像是在進行整體觀察，同時凝視著細節，又像反過來。

「伸出舌頭。」

本間吐出舌頭。

「有睡眠不足的問題呢。」

「看得出來嗎？」

本間有點吃驚。

「舌頭是能反映出內臟狀態的鏡子。接下來，換指甲給我看。」

本間伸出雙手。

「你有縱向細紋呢，啊哈哈。」

啊哈哈？小鳩老師無視充滿疑問的本間，接著替他把脈。她把了一會脈，說了一句「我知道了」就放開本間的手。

「你有氣滯的問題。你的氣血不太順，以現代的說法，就是自律神經失調。大概是心理因素造成的，像是壓力。」

那是當然，畢竟就在前幾天，本間終於收到前妻聯絡，表示她的未婚夫已經正式決定調職到美國，時間就在四個月之後。

「壓力分兩種：分別是心火和肝火。前者是無法達成願望的壓力；後者是人際關係等引起的壓力。每個人當然都會有這兩方面的煩惱。不過以你而言，還要再加上飲食習慣不良，導致情況惡化。你是不是老是只吃冷凍食品之類的現成食物？」

「正如您所說。」

「你應該多吃米飯，最好每晚都用電子鍋煮好稀飯，第二天早上起來吃。米就是天然的藥材，稀飯就是藥膳。因爲減醣減肥法把米飯視爲敵人的說法，根本就是亡國論。」

「只要稀飯就好嗎？」

希子代替本間提出問題。

「再來只要吃些山菜就好了。不是有說法是『春天宜苦』嗎？楤木芽、蕨菜、山獨活和款冬花莖，這些在一般店家都買得到。稀飯可以撒上黑芝麻和木耳，不論哪個都是超級食物。也要記得喝現在擺在店內的花草茶，這樣應該有助於改善狀態。」

「我知道了。」

本間順從地點頭。

「話是這麼說，不過其實沒打算付諸行動吧。」

小鳩老師彷彿看透他的心思，開口說道。

「我勸你還是照做比較好唷。說白了，你的心已經喀擦地骨折了。試著想像一下，你的心伴隨著清脆一聲折斷的樣子。」

本間試著在腦中想像出自己的心。不知為何，這種時候腦中浮現的往往是心臟的樣子。他想像心臟攔腰折斷的樣子，有夠痛。本間覺得那幅景象已經浮現在自己腦海中，扭曲著臉報告：「我想像了。」

「病由心生，不改的話，每天都會很難受喔。」

「我明白了。」本間嘴上雖然這麼回答，不過書店銷量持續下降，小風要去美國，自己弄個不好，說不定就要孤獨終老。每當這些事情浮上心頭，不知如何是好的本間就會湧起想要撞牆的心情。

小鳩老師捲起袖子，發號施令：「好了，請客人過來吧。」

第一位客人大概是住在附近的主婦，她不時會來店內買中藥調理包。

在狹窄的走道上拉出摺疊椅，開始診療之後，場面沒兩三句話就熱絡了起來：「妳有月經不順的問題呢。」、「好厲害！怎麼看得出來呀？」不好繼續聽她們討論女性疾病的問題，本間只好打開筆記型電腦，避免她們的對話傳入耳中。

過了一會，前五名的診療體驗券就全數分發完畢，五位客人都是女性。小鳩老師迅速替她們做出診斷，遇到有人問問題，也當場回答解惑。希子不時會拍下現場的樣子，上傳到Instagram。

診療全數完成，天色已經完全暗下來。小鳩老師絲毫不見疲態，想來是內心也充滿年輕活力的關係。

「辛苦了。我們吃飯吧。」

在希子的提議之下，三人一起走在神樂坂的街上。

此時正是街道準備換上夜晚妝容的時刻。結束一天辛勤工作的人們，帶著興奮的神色，快步走向目的地的餐廳。對美味料理、用心服務，以及一晚談笑時光的期待，就像泡泡一樣，讓整個神樂坂處於輕飄飄的氣氛之中。

「往這邊走。」

兩人被領到一間名爲「松子」的韓國藥膳料理餐廳。這是一間隱藏在石板路巷弄間的獨棟餐廳，可說是充滿神樂坂的風情。據說一天只接待三組客人。三人脫下鞋子入內，被帶到榻榻米上的一張桌子前，感覺就像到朋友家裡作客。

料理一律都是套餐。首先上桌的是一口分量的白芝麻粥，宛如柔稠濃湯的口感，據說對肚子很好。

接著上桌的是一道名爲九節板的料理。要自己拿薄餅，把漂亮地盛在盤中的九種配料包起來吃。據說原本是宮廷料理的一種。

「這些配料是根據陰陽五行說呢。」小鳩老師說道。這麼一說，配色上確實是金木水火土，色彩十分鮮豔奪目。

接著又是一道道料理上桌，調味高雅細膩，跟本間所知的韓國料理截然不同。本間也仿效另外兩人，沒點酒來喝。

「我可以請教一個問題嗎？」

本間出聲詢問小鳩老師。

「妳剛才看著我的指甲，笑著說『你有縱向細紋』。請問那是什麼意思？」

「哎呀，眞是抱歉。」

小鳩老師用手掩住嘴角的笑容。

「指甲的縱向細紋表示老化，橫向細紋表示壓力。以你的情形來說，很多地方都顯示出老化和壓力的影響，讓我想著『這可眞是問題纏身呀』。到底什麼事讓你壓力這麼大？」

小鳩老師問得太過輕鬆隨意，讓本間不禁脫口回答。

「其實我可能很快就要見不到我五歲的兒子了。我前妻要再婚，他們要搬到美國去……」

「這樣啊，原來小風要去美國嗎。」

希子露出難過的表情。

「哎呀，妳也認識嗎？」

「嗯，雖然只見過一次，不過眞的是個很可愛又討人喜歡的孩子。」

「現在正是可愛的年紀嘛。不過，作爲養大兩個小孩的過來人，我想給你一個建議。」

小鳩老師用餐巾紙擦了擦嘴，開口說道：

「不要把小孩當成自己的人生意義。大部分的父母都誤會了，小孩不是爲了父母而活，而是爲自己而活。父母身心健康出狀況的話，只會拖累小孩而已。因此你要做的事情，就是讓自己的身心保持在正確的狀態，好好經營店面，這樣最終也是對你孩子有好處。反過來說，這也是你唯一能爲孩子做到的事情。小孩就算沒有父母，也能夠茁壯長大，這點我掛保證。」

小鳩老師說的恐怕是對的，本間心想。

就算是自己，也不想過只以小風的成長爲生活意義的人生。他當然不想拖累小風，不過本間還是難以壓抑希望至少每週見一次面的想法。要把小風帶到自己伸手遙不可及的地方，實在是太過分了……

最後一道菜是人參雞湯。湯裡除了加進店名的松子，還有紅棗、高麗參、糯米和雞肉等。簡直是滲透五臟六腑的美味。

「感謝招待。」

大家悠哉地喝完茶，走出餐廳。

神樂坂的夜風吹拂在因爲藥膳而暖和起來的身體上，感覺很涼爽怡人。本間和小鳩老師並肩走在被灑水打濕的石板路上。

這條小路簡直就像迷宮。

從前方近乎直角的轉角處，突然冒出兩位老先生。

「好險。」

本間等人靠到牆邊讓路，對方也側身讓出一半道路。

「啊，老師！」希子從背後揚起聲音。

「哦，晚上好啊。」年紀看起來比較大的老先生應聲。看來這兩人似乎是希子認得的作家和編輯。

三人就這樣寒暄了起來，於是本間和小鳩老師先慢步走向主街方向。當墨色的木板牆映入眼簾時，洋溢古香風情的情景，令人覺得下一刻就會有正要趕往宴會的藝妓，匆匆踩著小碎步出現。

繞過轉角的時候，小鳩老師突然開口：

「你最後一次做健康檢查是什麼時候？」

「我想想，是我還在公司當上班族的時候，所以應該是六、七年前。」

「這樣啊……」

小鳩老師難得顯得有點吞吞吐吐。

「問健檢的事情是怎麼了嗎？」

在本間的詢問之下，只見小鳩老師垂下視線回答：「你說不定有不太妙的病，早點去醫院檢查一下比較好。」

19

當時是高中二年級的暑假。

我在市立圖書館讀書，圖書館的冷氣強到即使我披著針織外套，也還是冷得不得了。

我蜷縮起身體，忘神地注視著和服的照片。

「不好意思，請問妳該不會是竹宮陽子小姐？」

從我的頭上，傳來男生小心翼翼的話語聲。

「呃，對，我是。」

我連忙抬頭往上看。

「果然是竹宮啊。妳還記得我嗎？我是小學時跟妳同班的風間。」

「咦——不會吧！風間同學？」

我猛然站起身，目不轉睛地盯著他。

「眞的耶，是風間同學。你的聲音變了，我都認不出來了。你長高了。」

「這是什麼感想啊，聽起來有夠像很久沒見的親戚阿姨。」

風間同學靜靜地笑了。儘管他已經成長為眉目清朗的少年，但是笑起來的時候，還是有孩提時的痕跡，讓我感到有些安心。

「妳現在眼睛看得見？」風間同學有點顧慮地詢問。

「嗯，雖然只看得到一點。大概在國中二年級結束的時候，眼睛開始看得到光，變得隱約能看到文字。」

「太棒了，原來也會有這種事情發生。」

「醫生也嚇一大跳，說『從未見過這種事』。」

「是說妳身上的制服，是濱中的制服吧。」

「對，我現在是去普通的高中。你呢？」

「我是讀鶴中。妳常常來這邊？」

「嗯，畢竟我不知道什麼時候又會失明，想趁現在多讀點書。」

「妳喜歡看書？」

他的聲音帶著找到同好的喜悅。我出聲回答：「嗯，喜歡。」

「妳剛剛在讀什麼？」

我回說「這個」，讓他看我正讀到一半的白洲正子的《日本之匠》。「沒看過。」風間同學歪著頭回答。

「作者四處走訪木工或是織染的工匠，採訪他們並寫成文章。書上還有刊載照片。我剛剛在欣賞織染工匠志村福美女士染出來的和服。實在是美麗到令人心醉。」

「哪一件？」

「這個。」

風間同學探頭看向彩色印刷的照片。「哇，眞的好漂亮。」他這麼說道。

「這種叫做草木染，是用植物熬煮萃取出的染液爲絲線染色。」

「什麼，植物能萃取出這麼漂亮的顏色？」

風間同學再次低頭研究起照片，然後抬起頭，開口說道：「話說妳吃過午餐了嗎？」突然改變的話題讓我噗哧一笑。我回答他還沒。

「要一起吃嗎？」

「嗯，好啊。我有帶便當來。」

「那妳等一下，我去買個麵包。」

聽著朝小賣店一路遠去的腳步聲，我不禁安心一笑。回到這個城鎭的時候，我雖然曾經不經意地想起風間同學，卻從未想過能以這樣的方式重逢。

我們去了中庭，在裡面數來第二張長椅上坐下。腳下是茵綠的草坪，從草坪邊緣的樹林傳來響亮蟬聲。正面看得到時鐘。在我們和夏日的陽光之間，沒有任何遮蔽物。炎炎日光熨在手臂上，對冰涼的肌膚來說，反而剛剛好。

「妳想喝哪個？」

風間同學遞出兩瓶寶特瓶飲料讓我選。他剛才連我的份也買了。我選了午後的紅茶，風間同學就替我打開瓶蓋，再稍微轉起瓶蓋遞給我：「請用。」

「謝謝。」

長大後風間同學的溫柔貼心，讓我感到欣喜。我們吃起午餐後沒多久，風間同學就開口問：

「妳接下來打算怎麼辦？」

「我待會還要參加委員會，會去學校一趟。」

「所以妳才穿制服啊。不過我想問的不是這個，是將來的學校。」

「啊，是問這件事啊。」

我停下筷子，陷入思考。說起高中二年級的夏天，積極的學生已經開始爲考試準備，悠哉的學生也因爲周圍開始準備而焦急起來。

「嗯——大概看我的眼睛狀況吧。假如視力改善，也許就能有更多條路可走；如果惡化，就要再回到盲人學校。」

「還可能惡化嗎？」

「完全可能。」

「這樣啊，妳眞的老是在轉校耶。」

風間同學不經意一句話，戳中我內心深處。模糊曖昧的自己彷彿被一語道破眞面目。

「這麼說起來，兒時起聽到大人跟我說『妳總有一天會完全看不到』的時候開始，我從小到大，的確總是抱著轉學生的心情。」

「總覺得……抱歉。」

「為什麼要道歉？你完全沒錯。我反而一直以來都很感謝風間同學。」

「咦？為什麼？」

「你讓我在普通的小學，有了美好的回憶。」

「啊，這樣啊……」

「當時眞是多謝你了。」

我向風間同學低頭致謝。

「不用客氣。」

風間同學也低頭回禮。

我想趁勢詢問風間同學，問他還記不記得在自然教室走廊盡頭的事情，以及那封用米粒寫成的情書。不過我還是打消了這個主意。要是他回答「有這麼一回事嗎？」，就會給回憶留下傷痕。當年的回憶雖然是和風間同學在一起的時光，但我才是回憶的持有者。

「說起來，風間同學喜歡什麼書？」

「現在的話，應該是民俗學。」

「民俗學……」

我分不清民俗學和民族學的差別，一心以爲風間同學是對非洲的馬賽族，或是亞馬遜的原住民感興趣。因此聽到他在談話間提起柳田、折口或南方等名字，也完全沒想到民俗學者，只覺得聽起來就像咒語一樣。不管怎麼說，長大後的風間同學，長成一位愛好讀書的少年。

「竹宮爲什麼會拿那本書？」

「我最初是喜歡江國香織和吉本芭娜娜，把她們的書都讀完之後，開始對更久以前的作者感興趣。於是我就開始讀起田邊聖子、有吉佐和子和宮尾登美子等人的作品，現在正好讀到白洲正子。」

「真的，讀書就是會一路往回追溯。」

風間同學認同地連連頷首。我們接著開始列舉書名，討論起兩人至今爲止讀過的有趣書籍。風間同學的讀書量遠遠超過我，接二連三地舉出我沒聽過的書，還一一說明。不過他也會把話題拋給我，詢問我：「我沒怎麼讀女性作家的書，還有推薦什麼作家嗎？」

純白的雲朵，碧綠的草坪，綿延不斷的蟬聲。

我們在蘊含著喜悅的夏日時光中漫天說地。遲遲不落的太陽就像關店時間已到、仍不吭一聲的店長，溫柔地在一旁守望著我們。我對漫長的夏日懷著深深的感謝。

暑假期間，我幾乎每天都到圖書館，風間同學也常常會在補習班沒有暑期輔導課的日子出現。

在那些日子裡，我們並肩讀書，一起吃午餐。我們兩人都還沒有自己的手機，因此在分開時，就會順口告知對方下次見面的日子。

隨著我們愈來愈熟稔，風間同學在中庭的長椅上這麼告訴我：

自己沒有能稱爲好友的朋友，也不會特別想要。人生的這個時期應該要拿來讀書才對。偶爾和同學去麥當勞的時候，內心的另一個自己就會無聊地看著一切，滿心想要儘早回家看書。這個城鎮太過無趣，想要快點考上大學去東京。老舊音樂或是詩歌，時不時會讓自己莫名感動……

我吃了一驚，沒想到個性溫和穩重的風間同學，竟然有這樣的想法。同時也為了風間同學願意對自己敞開內心，而感到高興。

某一天下午，我們又湊在一起讀書，結果傍晚下了一場驟雨。我不禁一陣憂鬱。

——真討厭，鞋子又要濕掉了。

儘管看得到東西，但我的視力還不足以看清水窪。結果坐在身旁的風間同學，彷彿看透我的想法，向我提議：「今天我送妳吧。」

我們等到雨停，一起出了圖書館。

沿著河岸走在堤防上，空氣中飄散著夏天濕潤的氤氳草香，雨後麻雀的啁啾鳴唱傳入耳中，因為驟雨變得涼爽的晚風撫過我的臉頰。

我抓住風間同學的手肘，讓他領我前進。走在我半步前的他，為了讓路給我，自己跳過一個又一個水窪，某種情緒就會像熱騰騰的湯一樣，溫暖我的胸口。

——此時此刻，說不定就是我人生最棒的一刻。

眼下的情境幸福到讓我產生了這樣的想法。以法式菜名的風格來說的話，大概就叫做「雨後堤防路佐風間同學的手肘」。

另一方面，我的腦中也閃過「要是我有導盲犬，大概就是這種感覺吧」的失禮想法。我的大腦完全在大唱讚美歌，陷入胡言亂語的狀態。

「這樣鞋子不會被水窪弄濕了，謝謝。」

當我坦率地表達感激之情時，風間同學顯得有些驚訝地表示：「眼睛看不到的話，生活中還真是有很多敵人。」

「是呀，真的很多。」

我回答道。「飛快經過的腳踏車很可怕，隨意停放的腳踏車也很可怕。走在車站月台上都要冒生命危險。去超市買東西，找零也可能被人占便宜。我還曾經在和人擦肩而過的時候，被人偷摸胸部。」

「真的假的？」

「真的。但你還記得兒玉同學嗎？」

「兒玉……」風間同學思考片刻後，帶著一點嫌惡地回答：「哦，那個傢伙啊。」

「他的謊話最讓我最害怕。」

「那次眞的是很過分。」

「說謊的人很恐怖。」

「嗯。」

「說謊的人很恐怖。」

風間同學停下腳步，笑著問我：「妳爲什麼要說兩遍？」不過不等我回答，他就開口這麼說：「我不會說謊。」

「眞的？」我反問道。

「嗯。」風間同學點了點頭，像是要把一字一句刻在我的心上地緩緩開口：「我、不會、說謊。」

我知道，在很久很久以前，我就知道這個人說不了謊。我的心中不知爲何湧起一股衝動，想用自己的懷抱，溫暖眼前的少年。如果我不由分說地抱緊他，不知道他會露出怎麼樣的表情。他會願意給我一個吻嗎？

再次邁開腳步，過了十分鐘，我哀傷地開口：

「我家公寓到了。」

「這棟叫常盤公寓的大樓嗎？」

「嗯。」

「妳住幾號？」

「一〇三。」

按下門鈴後，母親從門後出現。

「哎呀，這該不會是風間吧？」

我向母親說過我們在圖書館相遇的事情，母親馬上就認出他。

「妳好。」

「你真是長大了，快進來坐坐。」

「沒關係啦，謝謝。」

「不用客氣，進來喝杯茶嘛，別那麼硬邦邦的。」

母親身上傳來演戲時的味道。其實她並不想被人看到家裡狹小凌亂的樣子。

「沒有啦，我待會真的還有事情。」

「這樣啊。那下次有空的時候，再過來坐坐喔。畢竟你可一直是我們家的英雄。」

母親再次吐出謊言。

我的十七歲生日到了。

「我想買洋裝，你能陪我逛街嗎？」

我詢問風間同學，他二話不說便答應。我事前反覆推敲台詞，想了好幾天，就連聲音語氣也練習了好幾次，沒想到他爽快答應，讓我有些措手不及。

下一個假日，我們兩人搭上電車，出發前往位於終點站的丸井百貨。附近的高中生大多是在這裡買衣服。

我們逛了幾家店，卻一直找不到心儀的洋裝。於是我便吐出另一句練習多時的台詞：

「我已經不知道該選怎麼樣的衣服了，不如風間同學幫我選吧？就選你認爲我穿起來好看的洋裝就好。」

「我對女生的衣服不熟。」

起初風間同學一口拒絕，態度堅決得讓我有點意外。

「拜託通融一下嘛。」

「不要，我眞的一竅不通。」

「你挑我就買，事後也絕對不會有意見。」

「我眞的不懂。」

風間同學態度頑硬，不過我也不肯輕言放棄，轉而採取哀兵政策。

「求你了！」

我雙手合十懇求，但對手絲毫不爲所動。

「我覺得選衣服還是要花時間，慢慢找出自己想要的比較好。」

「哎——拜託嘛。」

「就說沒辦法了。」

看似開玩笑，實則認眞無比的抗戰，就這樣一來一往地持續著。

最終風間同學可能看我一臉快哭出來的樣子，出於同情，終於正面答覆。

「既然妳這麼堅持，那就交給我吧。」

「太感謝了！」

其實我是想知道，風間同學是否喜歡我的外表，以及他會希望我穿怎麼樣的衣服。風間同學願意替我選衣服的話，我覺得自己就能從中得到問題的答案。

我們來到交棒後的第二間店。

「哦。」風間同學低呼一聲，拉著我的手，大步走進店內。

「這件怎麼樣？」他拿起一件沒什麼裝飾的白色洋裝，材質大概是棉的。

「這件適合我嗎？」

「我這麼覺得。」

「我可以試穿這件嗎？」

我向女性店員詢問，在她的幫忙下，在試衣間換上洋裝。

「哦哦，這件很適合妳喔。」

受到店員聲音的鼓舞，我拉開布簾。只聽風間同學發出一聲「喔——」。

「怎麼樣，好看嗎？」

我全神貫注，化身測謊機。

「嗯，很好看……」

嗯，聲音雖然小得像蚊子，不過聽起來沒在說謊。

「那我就選這件。請問這件多少？」

店員告訴我的金額比我預想高，完全超出我的預算。我還在想該怎麼辦，就聽到風間同學從旁說：「不夠的部分我來出吧。我今天剛好多帶一點錢。」

「不行啦。」

「沒關係啦。」

「這樣太不好意思了……」

儘管這麼說，但我眞的很想要這件洋裝。這件洋裝是風間同學覺得很適合我，替我選的洋裝，在這個世界上獨一無二，僅此一件。

「現在因爲有在做特價，便宜了不少。這是店內最後一件了。」

我在店員這句推銷下投降，同意由風間同學幫我出不足的金額。

店員替我包起洋裝時，笑瞇瞇地說：「妳有一個好男朋友呢。」我們兩人只是模稜兩可地微笑以對。距離男朋友還差一步——不，我覺得應該只剩半步的距離了。不知道風間同學又是怎麼想呢？

接下來我們到美食街吃義大利麵，拍了大頭貼當紀念，又晃進了書店。兩人並肩找書的時候，風間同學突然開口問：

「妳讀過《挪威的森林》嗎，竹宮？」

「有啊。」我回答道。在盲人學校時，一位叫小瀨的女大學生來教育實習，結果在大家死纏爛打的央求下，替大家朗讀《挪威的森林》。

「感想如何？」風間同學詢問。

故事很有趣，不過首先浮現在我腦海中的，是小瀨困窘得不知如何是好的樣子。每當小瀨念到「這樣」或「那樣」的情節，大家就會一陣嘻笑鼓譟，要求小瀨詳細解說。

「很有趣喔。」我一邊回想當時的情景，笑著回答。

「這樣啊，那我下週也來讀讀看好了。」

搭電車回去時，風間同學表示「天色暗了」，一路送我到公寓。從開始到結束，這一天我都一直抓著風間同學的右手肘。

暑假一結束，我和風間同學見面的機會便急遽減少。

十二月是他的生日，我決定為他編一條圍巾。我本來就擅長編織，即使無法做到像「草木染和服」的程度，我也想替他編織出一條獨一無二的圍巾，表達我的心意。

首先是選顏色。

我把我和風間同學一起拍的大頭貼，拿給我的高中好友友美看。

「妳覺得哪個顏色比較好？」

我向她徵求意見。這叫相借「一眼之力」，是盲人學校的學生有了喜歡的對象時，經常使用的一招。能相借眼睛的對象，當然僅限值得信賴的明眼人好友。

在這一點上，友美是完美人選。她的個性開朗又溫柔，最重要的是她率眞不說謊。我沒辦法分辨出風間同學的頭髮、肌膚及眼睛的細微顏色，所以需要友美的眼睛來助我一臂之力。

「嗯……」

友美瞪著大頭貼好一會。

「我知道了！應該是冷色系吧！我認爲他適合明亮一點的深藍色。」

我們接著到車站前的湯澤屋買毛線。友美幫忙挑選的顏色，正是明亮的深藍色。我把毛線舉到明亮的燈光下，仔細觀察。毛線的顏色宛如夏天的深邃大海，或是遲暮時分的天空，是非常美麗的顏色。

我著手編織圍巾。雖然被母親說是「常見又無趣的顏色」，但我並不以爲意。我務求正確地一針一線鉤織毛線，完全忘了時間的流逝。

圍巾成功趕在生日前織好了。

我請友美幫我打電話到風間同學家。

「喏，風間同學接電話囉。」

我從友美手上接過電話。

「我有東西想給你，你能到圖書館門口來嗎？」

聽到我的請求，風間同學說好之後掛斷電話。我獨自前往圖書館，順利親手把圍巾送到風間同學手上。

隔天，我請友美去麥當勞喝奶昔，報告昨天的事情。

「哦，有成功送出去，很好啊。」

友美聽了之後只是隨口回應，她此刻似乎滿腦子都是自己的事情。「比起這個，妳聽我說啦。從這個寒假開始，我也得上補習班了。終於要開始面對考生生活了。」她發出悲嘆。她要上的補習班跟風間同學同一間，這地區想考四年制大學的高中生，大多會在那裡補習。

我的升學計畫目前依然懸而不決。我的視力雖然還沒差到需要回盲人學校，但也不足以讓我和一般人站在相同起跑點上。

我將來想擁有一份普通的工作，最好是教育或書本相關的工作。爲此，我想就讀一般大學，攻讀日本文學。我不曾把願望說出口，畢竟眼睛的事還很難說，學費也令人煩憂。

寒假結束，友美跑來我的座位告訴我：

「風間同學很寶貝那條圍巾喔！」

她在寒假輔導課上見過他兩次，每次都看到他圍著圍巾。自從那次見面，我就沒再收到風間同學的消息，所以聽到友美的回報，我開心得不得了。

我下一次見到風間同學，是在……

——寫到這裡，陽子突然感到一陣不安。

像這樣沒完沒了地交代自己高中時期的往事，又有什麼意義呢？希子和近藤會想要這樣的故事嗎？這個想法一浮現在陽子腦中，她就覺得此刻筆下的故事實在無趣透頂。

因此陽子決定用副本的方式寄信給兩人，並隨信附上目前稿子進度。

「雖然還沒寫完，不過目前的感覺還可以嗎？我寫著寫著，突然不太確定……」

不到一小時，陽子就收到回信。

第一封回信來自近藤。

「簡直亂有趣一把呀！完全比上次聽到的大綱還要精采。海明威也說過：『一個人寫出的文章，如果遠勝於他道出的內容，便代表他是一位一流的作家。』要我付錢也行，求妳快點讓我看到後續吧！」

希子也回了信。

「故事寫得非常精采。以我個人而言，我喜歡那句『長大後風間同學的溫柔貼心，讓我感到欣喜』。風間同學幫妳打開寶特瓶瓶蓋，雨後送妳回家的地方，都讓人怦然心動。兩人一起買洋裝的部分也很棒。這是一篇很出色的作品，請充滿信心地寫到最後。衷心期待完稿。

「附註：方便的話，明天傍晚的時候，我能到妳住處一趟，把安的中藥狗零食拿給妳嗎？不會占用妳太多時間。有事不在的話，我就把零食放進信箱，請說一聲。」

陽子讀過兩人回信，覺得大受鼓舞，有如得到千人鼓勵。她立刻湧起想繼續寫的心情，打開文書處理軟體，覺得自己彷彿可以一直這樣寫下去。

20

本間去做了身體檢查，還加做各種癌症檢查。檢查的費用不算便宜，不過這也莫可奈何。反而是支付這麼一大筆錢之後，還得提心吊膽度日，直到檢查報告出爐，這才讓本間感到憤慨。

自己今年才四十歲，本間以爲應該要再等個十年，身體才會開始出狀況。不過小鳩老師一下子就看出本間身體的各種小毛病，她的診斷想來不會出錯，自己的身體一定出了什麼問題。

他坐在櫃檯，思考最壞的情形。如果一年後，自己就會離開人世，自己應該怎麼渡過這段時間？

自己沒有應當攜手共度的家人，也沒有無法抽身的工作。如果說起作爲一個父親，是否有無論如何都想傳達給小風的訊息，本間也想不到什麼大不了的事情。

本間嘆了口氣，望向書架。

這裡有各式各樣的書：宣揚諸行無常的宗教書籍、主張萬物流變的哲學書籍、講述宇宙一百三十八億年的歷史，讓人領悟人類的存在多麼渺小的科學書籍、描述家庭與工作兩失的男人放手一搏，絕地大反攻的書籍。

不過不論哪一本，在這一刻都顯得缺乏說服力。

三十歲過了一半，本間的人生觀便開始轉動指針的方向，認為在這個世界上，有的只是偶然、變動與熵的不確定性，命運、正確解答或目的，不過是人類自己創造出來的幻想而已。如此一來，才能毫無矛盾地說明一切。雖然本間同時也有一種預感，如果自己能踏上老年的階梯入口，也許指針又會轉向不同的方向……

本間整個上午都像是生根似地坐在櫃檯，思考著這些事情。

中午的時候，他又整理出三個特展。

自殺作家書展　北村透谷、有島武郎、三島由紀夫、太宰治、田中英光、芥川龍之介、原民喜、川端康成、牧野信一、海明威、維吉尼亞・吳爾芙、雷納多・阿里納斯

LGBT作家書展　三島由紀夫、折口信夫、菊池寬、湯瑪斯・曼（Thomas Mann）、尚・惹內（Jean Genet）、尚・考克多（Jean Cocteau）、威廉・薩默塞特・毛姆

（William Somerset Maugham）、楚門・卡波提（Truman Capote）、蘇珊・桑塔格（Susan Sontag）、葛楚・史坦（Gertrude Stein）

前科作家書展　安部讓二、尚・惹內、杜斯妥也夫斯基（Dostoyevsky）、奧斯卡・王爾德（Oscar Wilde）

下午時分，希子來到店裡，發出感嘆：「哦，又是一批主張很強烈的特展呢。」她拍下照片，當場上傳到Instagram。

「是和人見面回來嗎？」本間詢問。

「是的，有一位書評家住在附近。之前小鳩老師不是有給中藥的狗零食嗎？我就是拿去給她家的狗狗。」

「這也是工作的一部分嗎？」

「其實我目前請那位書評家挑戰寫小說，所以帶狗零食過去，也是順便替她打氣。那位書評家其實眼睛看不到。」

「咦，看不到的書評家？」

「眞的是讓人很吃驚吧。不過她的文章寫得非常好。」

「我也能讀讀看嗎？」

「當然了。她小學時代的故事已經更新在網站上了，我把網址傳給你……好了，我發過去了。續集的高中篇在這幾天應該也會更新在網站上。說起來，今天是本間先生要接小風的日子吧？他大概幾點到這邊呢？」

「五點左右。」

「那接下來的三十分鐘，我可以教他平安二段嗎？我之前跟他約好了。」

「當然了，不過工作沒問題嗎？」

「沒問題的。那我五點左右再過來一趟。」

希子離開後，本間開始思考下個書展的手繪廣告。他才擬了幾版草稿，時間就到了。他出門接小風。

「之前的大姊姊說要過來繼續教你空手道。」本間這麼告訴小風，小風就跳起來，歡呼一聲：「好耶！」他眞的跳到兩腳都離地飄在空中。

五點左右，希子空著手來了。

「小風，你準備好了嗎？」

「嗯！」

「我可以帶他到白銀公園嗎？」

「當然可以。」

白銀公園是這一帶最大的公園，有很多遊樂器材。

本間目送兩人出門，泡了中藥特展的茶。在等待茶葉泡開的時間，他點開希子先前告訴他的網站。

「哦，S出版社還有在做這種東西啊。」

本間第一次看到網路版的小說雜誌。

「嗯，就是這個嗎。」

希子說的，似乎是一位叫做竹宮陽子的書評家寫的短篇小說，內容是她的童年故事。旁邊還打上宣傳標語：「盲人書評家的小說出道作！」

本間點下連結，開始閱讀內容。

他的心臟幾乎停止跳動。

21

升高三的春天，我的視力又開始變得模糊。

「我就知道」的想法浮上心頭，不過我沒有時間失望。我已經十七歲了，面臨差不多該決定自己人生方針的時期。

該封閉一點，還是開放一點？

該保守一點，還是大膽一點？

該往西去，還是往東去？

「我將來想從事社會福利相關的工作，所以大學我想考東海地區的盲人學校。」我這麼告訴母親，只聽母親這麼回答我：「隨妳高興吧。」

入學考試要用點字讀題和答題，我馬上開始點字的復健訓練。雖然花了一些時間才找回感覺，不過當我的指腹變硬時，我已經能用和以前一樣的速度閱讀了。

我很快就接受了自己今後只能用點字讀書的事實。我在這兩年間能用眼睛閱讀，已經是神明的恩賜。我告訴自己，先前的我只是在兜風途中去風景優美的觀景台稍作停留，如今不過是要回到原本的路線而已。

讓我遲遲難以接受的，是每天早上的「儀式」又回到了我的生活。

「看不到的妳，活過今天一天的意義何在呢？」

眼睛看不到之後，每天早上睜開眼睛，我都得對抗這道聲音。有些日子，當我狀況不佳的時候，難以戰勝聲音的我還會抗拒起床。

午休時間，友美跑來我的座位告訴我：

「風間同學說他星期四放學後會到市立圖書館一趟。他還跟我說『請幫我跟竹宮說一聲』，想來應該是想見陽子吧？因爲我跟他講了妳眼睛變差，他好像很擔心。啊，抱歉，眼睛的事情應該可以講吧？」

我帶著大大的笑容點頭。我已經好幾個月沒見到風間同學了，能透過友美收到他的訊息，我非常開心。

到了下個星期四，我在圖書館讀著點字的參考書等他，當年小學的事情突然襲上心頭。冰涼、寂靜的陰暗空氣。當時我也是在自然教室盡頭的走廊上，等待著風間同學。

叩叩。

從圖書館的門口，傳來皮鞋的腳步聲。腳步聲時而轉彎，時而停下，走到某一處之後，筆直地朝我走來。

「竹宮，好久不見。」

我的肩膀被人拍了一下。

「要不要到外面走走？」

我們走到中庭，在從裡面數來第二張的長椅上坐下。

「聽說妳的眼睛又惡化了？」

「嗯。」

「妳現在還能看到多少？」

「嗯——還不到一片漆黑。接近隔著木格子紙門，注視冬日午後陽光的感覺吧。」

「能看得到形狀嗎？」

「沒辦法。」

「那書呢？」

「只能回去看點字了。」

聽到我的回答，風間同學陷入沉默。別這樣，我在心中暗想。此刻別對我說出溫柔的話，我怕我可能會哭出來。

我很開心風間同學關心我，但同時爲此痛苦。痛苦的同時，卻又感到甜蜜。感到甜蜜的同時，心中又湧出悲哀。我不想讓風間同學看到我掉淚，所以拜託，千萬不要——

風間同學對我的擔憂一無所覺，依舊保持沉默，隨後開口說道：

「妳現在在讀什麼書？」

這個問題宛如藍天一般明亮開朗，我立即受到鼓舞，急切地回答：「志村福美的《一色一生》！」

「你還記得我之前給你看過和服的照片嗎？《一色一生》就是那件草木染和服作者的散文集。顏色的世界眞的很深奧。作者志村女士在熬煮各種植物，萃取色彩，替絲線染上顏色的過程中，意識到植物的生命正體現在這些色彩上。『我們其實是領受了花朵的生命。』志村女士這麼說，讓我大受感動。而且讀過這本書後，我喜歡上了藍色。藍色在植物染料之中，也是特別神祕美麗的顏色，而且製作難度比較高。因此唯獨製作藍色染料時，會說是『建藍』。」

「建造藍色嗎，眞是很棒的說法。」

「對吧？」

我更加眉飛色舞地說下去。

「從水邊的透明淺藍，到深海的紺藍，藍色有無限的漸層變化。建藍就像是養育小孩，會顯露出染織者的人格本質。藍色的命脈在於清涼感。以前的人若要染藍色，似乎會一邊祈禱，一邊染色。」

我一邊說著，心情逐漸被染成明亮的藍色。風間同學或許還沒注意到，但我送他的圍巾也是藍色的。我在無意之間，將藍色致贈給他。

我透過這本書，深深感受到日本自古傳承下來的色彩魅力。據說日本有四十八種棕色和一百種灰色。擁有像時雨鼠、路考茶這樣充滿意趣風致的名字的，究竟會是怎麼樣的色彩呢？只是諷刺的是，在我對色彩世界深深著迷的同時，我的雙眼即將失去色彩。

「風間同學又在讀什麼呢？」

我反問道。

「我在讀這個。」

風間同學拿出一本書，放在我的手上。書本隱約傳遞出一股暖意。

「這本是岡茂雄的《書店風情》。他在戰前曾經營了一家出版社，叫做岡書院。他喜歡民俗學，所以和柳田、折口、南方等人有所往來。讀他的這本書，可以看到個性太過天眞爛漫的南方熊楠，以及很容易意氣用事的柳田國男，觀察到他們各種鮮爲人知的一面。其實這個人也算是《廣辭苑》不爲人知的生身之父喔。」

「咦，眞的嗎？」

「嗯，因爲他是信州人，他和另外一位茂雄，也就是岩波書店的岩波茂雄也有交流。長野不愧是一個注重教育的縣市，出了不少出版人。」

「風間同學眞的很博學多聞。」

我不禁大感佩服。

「沒有啦，我只是把知道的事情說出來而已。」風間同學回答。

此時，一陣強風吹過中庭。從風間同學身上，飄來一股高中男生特有的酸汗味。我雖然不喜歡其他男生的氣味，但風間同學身上的氣味，就像在某個不知名的國家採收，還帶著泥土的新鮮蔬菜或成熟水果一樣，我並不討厭。

「回憶錄眞的很有趣呢。」

散發著異國泥土氣味的少年，彷彿自言自語似地喃喃說道。

暑假一開始，我就開始到圖書館報到。我雖然暗自期待今年也能像去年，和風間同學共度時光，不過和他上同一個補習班的友美老在哀號：

「嗚呃，暑期輔導課累死人了。」

既然如此，風間同學忙到沒辦法來圖書館，也是莫可奈何，我只好放棄希望。

然而七月即將結束時，我在圖書館用功，突然被一道聲音打斷。

「竹宮，大發現，大發現喔！」

風間同學的聲音突然從背後傳來。

「怎麼了？」

風間同學太過激動，我甚至沒時間感受久違相見的喜悅。

「妳知道艾力・賀佛爾（Eric Hoffer）嗎？」

「沒聽過。」

「他是一位在舊金山碼頭工作過的思想家。他在七歲時失去視力，但到了十五歲的時候，他又重見光明了！」

「咦！」

我忘了自己身處圖書館，揚聲發出驚嘆的聲音。

「他復明後，說著『不知道什麼時候又會看不見』，跑去住在圖書館附近，整天都在看書。這一點感覺也和妳有點像呢。據說賀佛爾直到八十歲過世，眼睛都看得到。」

我打從心底感到驚訝。竟然有小時候失去視力，到十五歲又恢復光明的人。簡直就像我一樣。不，應該說，我簡直就像賀佛爾一樣。

在那之後，風間同學對賀佛爾愈來愈熟悉。

他本來就是書店的兒子（說是書店，但不是普通的書店，而是在市區內開好幾家分店的連鎖書店），上國中就已經在讀大人的書，因此他有著過人的閱讀理解速度。

我得以在中庭的長椅上，聆聽他驚人的成果。

「賀佛爾七歲時喪母，並在同時失去了視力。他是由女傭瑪莎帶大的。十五歲的他突然恢復光明，周圍的人都大感驚訝。不過沒過多久，瑪莎就回到德國，他的父親也在他十八歲的時候過世。

「忽然孑然一身的賀佛爾踏進洛杉磯的貧民區，他在那邊輾轉做過農園的季節性工人、餐廳的洗碗工等工作，過著過一天算一天的生活。

「到了四十歲，他終於安定下來，在舊金山碼頭當一名工人。賀佛爾以思想家身分出名之後，他也依然在圖書館自學，並一直在碼頭工作到六十五歲。我對他一以貫之的人生深受感動。」

「他眞是思想堅定的人。」

我說道。

「不過堅定和固執也只有一線之隔，他似乎蠻容易鑽牛角尖。」

風間同學補充道。

「例如，他認爲家族代代短命，自己也活不到四十歲；或是認爲『偉大的人物大多在二十七歲的時候，迎來人生的轉機』，所以他在二十七歲時，請了一年假來思考今後人生的方針。」

「一年！格局可眞大。」

「賀佛爾得出的結論，就是自殺。」

「咦——」

「賀佛爾在二十八歲時試圖自殺。他說橫豎自己活不久，找不到生活的意義。」

聽到這段故事，我才第一次察覺到賀佛爾是「這一邊」的人。他也屬於每天早上起床，都必須尋找當天生活意義的人種。

風間同學繼續說下去。

「賀佛爾似乎將沒受過正規教育的自己，認定爲不合格者。但他透過自學得到的物理學和植物學知識，已經媲美大學教授了。

「關於賀佛爾的生平，還有這樣的一個插曲：

「三十歲後半，賀佛爾在柏克萊大學的學生餐廳工作，在那邊遇到一位正在就讀研究所，名爲海倫的女性。兩人對彼此都產生了好感。海倫發現賀佛爾擁有非同等閒的物理學知識，希望他進大學攻讀物理。然而賀佛爾拒絕了她，不告而別地離開了柏克萊，回到以前的流浪生活。」

「爲什麼？」

「不知道，可能是環境吧。也許這是賀佛爾學會的處世方式，以免自己被壓垮。賀佛爾曾經這麼說過：女傭瑪莎離去，隔年父親過世，我成爲了自由之身。我感到自己在任何時候，不論對象是誰，都能毫不感受別離痛苦地道別。」

也太自我中心了！

我滿心對海倫的同情。

離別一直縈繞在我心頭。它有時像梅雨時節的天空一般灰暗潮濕，有時又像曬衣服的日子一樣乾爽明亮。我有時拿在手上，細細端詳；有時吆喝一聲，遠遠扔向天空。然而離別永遠都在那裡，讓我的心情一直籠罩在悲傷中。

再過幾個月，風間同學就會離我而去，前往東京的大學獨自生活。聚會、社團、聯誼、打工，會讓日子像祭典一樣熱鬧，同時卻是我遙不可及的青春。風間同學想必會像《挪威的森林》的主人公一樣，交到可愛的女朋友。像我這樣的人，沒兩三下就會被風間同學拋諸腦後。海倫就是我，我就是海倫。

「竹宮，妳有在聽嗎？」

「啊，抱歉，我有在聽。」

「我在想，我也想像賀佛爾一樣自由生活。不被偶然出生所在的土地與環境束縛，只在自己想工作時盡情工作，剩下的時間則拿來讀喜歡的書。這樣的工作最理想了。」

「這樣的話，你只要接手你家的書店就好了吧？」

「唯獨這點，我敬謝不敏。」

風間同學臉上浮現微微苦笑。

「竹宮大概不知道吧，不過書店在採購上，其實沒什麼自由。出版社和經銷商自己就會來鋪貨。」

「哦，原來是這樣。」

「這樣的話，舊書店還自由多了。我在書上看過，東京神田的神保町這個地方，據說有超多舊書店。從買賣過期偶像雜誌的書店，到經手上千萬元古文書的書店都有。」

「有這樣的一個地方？」

「嗯。我打算一考上大學就到那裡瞧瞧。書上還說有很好吃的咖哩和中華料理。」

「哦，眞不錯。」

「妳喜歡咖哩？」

「嗯，超喜歡。」

「我也是。我乾脆去神保町的舊書店打工，每天都吃咖哩好了。」

「每天吃不會膩嗎？」

「那中間換個拉麵好了。咖哩、咖哩、拉麵、咖哩，這樣怎麼樣？」

「嗯，很理想。」

「啊——我現在就想衝去打工了。」

坐在中庭長椅上聊天的時光就像寶石一樣。不過每當風間同學談起將來的展望，我的心就會受傷。因爲他的未來預想圖中，並沒有我的存在。

「回到工作方式的話題，賀佛爾在《碼頭日記》中這麼說：『我的大腦深處一直有一個疑問：爲什麼人一週要工作到四五天之多呢？』他認爲一個人不應該工作到失去人性。不過他也很討厭起衝突，所以說過：『我寧願工作五小時，也不願爭吵五分鐘。』」

我能理解他的心情。因爲我也一樣，光聽人家吵架，就會一整天心緒不寧。

「日記上還寫了其他很多事情，例如『最重要的就是不要重視自我』，或是『與兩年前相比，我對人愈來愈不感興趣了』，還有『漫長的工作後，我總會變得獨善其身』。」

「聽起來眞有趣。」

「妳有興趣嗎？」

「當然。」

風間同學難得用像在試探眞意的方式詢問我。

我不想讓他覺得這是客套的應和，所以眞摯回答他。

「那我來讀給妳聽，如何？」

「嗯？什麼意思？」

「這本書應該還沒出點字版本，所以我來念給妳聽。每週一次怎麼樣？就約星期四的這個時段。」

「但不會太麻煩嗎，你還要去補習班吧？」

「小事啦。」

風間同學的提議實在太誘人，我難以拒絕。我便趁他還沒改變心意前，一口答應了。風間同學的好意，類似傳教士的熱忱。每個人都會有想向別人推廣自己喜愛事物的心情。特別是書本的話，風間同學的熱情更是勝人一籌。

每個星期四，風間同學就會在中庭的長椅上，爲我朗讀《碼頭日記》。我坐在右邊，風間同學坐在左邊。我們將這段課外閱讀課的時光，稱爲朗讀時間。

風間同學朗讀日記的聲音，輕快地傳進我的耳朵。

「人有時能透過充分利用的兩三分鐘，完成數個月分量的努力。」

讀到這麼一段話，我們兩人不知道是誰先出口：「眞的有這種事情嗎？」導致朗讀一時中止。

「我也有過類似經驗，但幾個月分量實在是有點誇張。」

聽到我這麼說，風間同學也歪了歪頭。

「可能只是一種修辭手法。」

我們發出沉吟聲，陷入思索。不過不管我們如何搜索枯腸，都無法從彼此不到十八年的人生中，找出能讓我們點頭贊同的體驗。

「總之，這句話絕對沒辦法套用在升學考試上。」

「嗯，要是做得到就好了。」

我們對這句話姑且達成共同的結論，於是風間同學再次開始朗讀。

「碼頭是唯一一個能讓我安心的地方。至今爲止，我不論到哪裡，都覺得自己像個異鄉人，唯獨碼頭給我強烈的歸屬感。」

這段話讓我深有同感。對於一直懷抱著轉學生心情的人，能夠擁有一處心安之處，實在令人深感嚮往。不知道我要到什麼時候，才能找到獨屬於我的碼頭？

我忽然想到，也許這張長椅之上，對我而言就是類似碼頭的存在。一念及此，此時此刻便變得無比惹人憐愛。我盡可能不引起風間同學注意，做了一個小小的深呼吸。

「樓下房間搬來一個黑人妓女。第一晚可說是門庭若市，害我到深夜都無法入眠。」

我們讀到這句，眼前彷彿浮現賀佛爾傷透腦筋的表情，不禁苦笑了起來。

書中也有這樣的一段故事：

賀佛爾在一家餐廳工作的時候，一位衣著光鮮的紳士來到店裡，腳下的襪子卻破了一個洞。注意到襪子破洞的賀佛爾，便拿針線來替他縫補。紳士給了一大筆小費，賀佛爾卻沒有接受。到了隔天，紳士帶著一只金懷表回來。這一次，賀佛爾收下了金懷表。賀佛爾是這麼說的：「我沒詢問他是誰，也不曾再見過他。不過即使是在五十多年後的今天，我依然清楚記得他。」

風間同學說他認爲這段故事，充分地說明賀佛爾的個性。我也有同感。儘管我說不出具體的部分，但我就是這麼覺得。賀佛爾不管在哪裡，都是調配出屬於自己的藍色的人。

「是說，襪子的破洞究竟是破在哪裡？」

風間同學這麼一說，我也偏頭苦思。襪子的破洞確實很少破在目光可及的地方，到底破在哪裡呢？

充實愉快的日子很快就過去了。轉眼間，暑假便迎來尾聲。儘管夏日的暑氣依然揮之不去，但日頭已經逐漸變遠，空氣中開始摻雜一絲秋意。

我們已經讀完《碼頭日記》，正在讀第二遍。風間同學信奉「喜歡的書就應該多讀幾遍」。事實上確實如他所說，讀第二遍，會有和第一遍不同的樂趣與發現。

暑假的最後一個星期四，風間同學闔上《碼頭日記》，發出啪地一聲。

「就到這邊告一段落吧。」

他開口這麼說。「畢竟第二學期開學以後，補習班的課程可能會忙起來。」

「沒問題，眞的很謝謝你。」

「眼睛的狀況怎麼樣了？」

「勉勉強強吧。」我回答，不過其實我已經感到視力逐漸惡化。

第二學期開學，我們立即回歸考生生活。

隨著秋意漸濃，日光逐漸變弱，我的採光窗彷彿也配合著腳步，逐漸關閉。到了秋天的尾聲，我終究回歸於黑暗之中。儘管是早已知道的結果，不過今後不論是拿起美麗的和服，或是墜入愛河，還是去旅行，我都無法把眼前的景物收入眼中。想到這裡，晚秋的淒切之情便湧上心頭。從中庭長椅上映入眼簾的景色，成爲留在我記憶中最後的景象。

永別了，我十八歲的夏天。

永別了，美好的朗讀時光。

永別了，充滿色彩與形狀的世界。

冬天來臨時，友美約我出去，說有話要對我說。因爲她說「不想被任何人聽到」，我們便去了卡拉ＯＫ。她在那裡向我道出一切。

自己也喜歡上風間了，她這麼說。

友美流著眼淚，反覆說著「對不起」。聽到好友道歉，我的胸口跟著感到宛如窒息般的痛苦。爲什麼要道歉呢？喜歡上一個人的心情是無法抑制的，而且友美願意像這樣向我道出一切，不正說明了兩人之間的友誼嗎？友美的淚水毫無虛假，回過神時，我也跟著流下了眼淚。

「我們一起放棄吧。」

不知道是誰先開口，我們向彼此作出約定。這似乎是最好的解決方法。反正再過兩個月，我也得和風間同學分隔兩地。

我的腦中當然曾閃過「如果當初不給友美看兩人合照的大頭貼，事情也許就不會變成這樣」的想法，不過結果想來都是一樣的。

風間同學總是走在我半步之前護送我，我也曾經認爲兩人的關係距離情侶只有半步之遙。不過這半步卻是永遠也不會縮短的距離，我們兩人注定不會在一起。

「要是風間同學來聯絡，不要幫他轉接給我。」我只這麼告訴母親。

不久，我收到盲人學校寄來的錄取通知書時，我拿出珍藏許久的一封信。信是當年風間同學寄給我的米粒情書。當我撕裂信紙時，自身也眞切地感受到一陣撕心裂肺般的痛苦。不過我告訴自己，此刻的我需要克服這份痛苦。

我正站在全新的起點上。

即使我正處於全然的漆黑之中——

我也要打造出屬於我自己的藍色。

22

期待已久的星期四到來，本間卻因爲睡眠不足，一早就覺得全身沉重。

昨天深夜，他收到希子的聯絡，通知他：「高中時代的文章已經更新了。」

本間的視線追逐著文字的同時，當年的一些記憶也跟著鮮明地浮現在眼前。

替廣瀨香澄選了白色棉質洋裝、走在雨後堤防上，全神留意每一個水窪，以及自己天眞地大談想活得像賀佛爾。不少事現在回想起來，都會讓人不禁臉上一紅。不過那段宛如延遲了青春的不確定性日子，確實令本間感到懷念不已。

當然，不少地方和他的記憶有所出入。

例如《挪威的森林》，雖然小說讓文章中的自己講出「下週也來讀讀看好了」，不過本間實際上是到大學三年級才讀《挪威的森林》。本間也不記得香澄的母親對自己說過「畢竟你可一直是我們家的英雄」這句話。

不過，和那件事相比，這些都只是瑣碎的問題。

小說中，本間從香澄手上收到手編圍巾，而友美在寒假輔導課結束後，向香澄報告

「在補習班看到風間同學很寶貝地圍著圍巾」，實際上並非如此。

那個時候，友美向本間搭話。

「請問你是讀鶴中的本間同學吧？」

突然被不認識的女高中生搭話，本間一頭霧水。

「我就是沒錯……」

「我和香澄讀同一所高中，我叫前澤友美。不好意思，突然跟你搭話，應該害你嚇一跳吧？因爲香澄給我看過她跟你一起拍的大頭貼，我才認出你來。」

「哦，原來是這樣。」

本間有點害臊地把臉埋進圍巾。

「那條是香澄送給你的圍巾吧。」

「妳知情？」

「因爲毛線是我選的嘛……啊，糟了！這件事是祕密，你能假裝沒聽到嗎？應該說，請你裝作沒聽到！」

友美手足無措的模樣太有趣，本間不禁苦笑點頭。此時，本間也注意到自己以前聽過友美的聲音。香澄打電話給他，約他去圖書館，說有東西要給他的時候，一開始打電話給自己的人就是友美。

「絕對要保密喔。」

「我知道了啦。」

「太感謝了。圍巾很適合你喔。」

這就是本間和友美的初次見面。

兩人相識之後，每當在補習班遇到對方，就會熟稔聊上幾句。本間經常向她詢問香澄的事情。畢竟當時兩人沒有手機，又讀不同高中，除此之外別無知道近況的方法。

高中三年級的夏天，將香澄視力接近末期一事告訴本間的人也是友美。本間在那之後，的確和香澄定下每週四的朗讀時間之約。

只有一件事，是香澄不知道的。

在暑期輔導課的尾聲，本間和友美蹺了下午的課程，以「紓解壓力」爲藉口，兩人一起看了電影。以此爲契機，兩人之間的距離急速拉近。友美成爲本間在人生中，頭一次擁有「可以談論任何事情的女性朋友」。

「你對香澄有什麼想法？」

因此在高中三年級的冬天，當本間被友美這麼問的時候，他並不覺得有什麼奇怪之處。本間毫不猶豫地挑明自己至今爲止抱在懷中的心意：

「等我考上大學，我就打算向廣瀨告白。即使廣瀨考上盲人學校，我們四月得開始遠距離戀愛，我也沒問題。」

「這樣啊。」友美露出微笑。

「但還不要跟廣瀨說喔。」

「我知道了啦。」

本間考上第一志願的大學，也從友美口中聽到香澄考上盲人學校的消息。

本間打了好幾通電話到香澄家，但每次都得到「她不在」的答覆。即使本間說「等她回來，請她回電給我」，電話也從未響起。

最後所剩時間不多的本間，在沒事先知會的情況下，直接造訪了常盤公寓。

他按下門鈴，只見香澄的母親出來應門。

「你可以跟我來一下嗎？」

她帶本間來到河堤。走到能俯瞰河川的堤防上，香澄的母親點燃一根菸，開口說道：

「能請你離我家孩子遠一點嗎？」

「咦？」

「她說她不想再見到你。別再來找她了。」

接送時間到了，本間關上店門，沿著神樂坂走向幼兒園。他一邊走，一邊回想自己的高中時期，意識到內心有一部分的自己，想用「事情都過去了」來打發這一切，讓本間自己感到難以置信。這件事真的是能用這句話輕輕帶過的問題嗎？

「啊，爸爸！」

本間立刻切換模式，小風的笑容就是有如此威力。

「嘿，小風。」本間微笑瞇起眼睛。

「空手道的大姊姊今天也會來嗎？」

「會來喔。你還記得那個嗎？叫什麼來著？」

「ㄆㄥˊ ㄢ。」

小風呼喝著打起拳。男生果然就是喜歡戰鬥。本間才在尋思差不多該送小風整套《七龍珠》漫畫，就想起前妻禁止他隨便送小風禮物，不禁輕嘆一聲。

下午五點前，希子空著雙手來了。

「午安，小風。我們去公園吧。」

「嗯！」

看著希子牽起小風的手，走向公園的背影，本間在心中致上歉意。他現在還沒打算說出自己和香澄的關係。不管怎麼說，事情都還太過突然。不過只差一點，本間只需要再一點時間。

本間打算等自己整理好心情，再揭露「風間同學」的身分。整理心情的時間不會花太久，說不定等兩人從公園回來，本間就做好準備了。不論如何，那一刻都不遠了。

23

陽子剛從地下鐵神樂坂車站的1a出口走到地面，開始沿著坡道往下走時，就感到安的腳步突然變得雀躍。「嗯？」正當陽子歪頭，覺得不可思議，前方便傳來聲音。

「陽——子！」

希子的聲音從前方傳來。

原來是這麼一回事呀，陽子露出微笑。

「這是今天第二次吧。」

希子忍俊不住地說。陽子也有同感，畢竟兩人稍早前才結束了週四的例行午餐聚會。

「妳剛剛到別的地方嗎？」

「嗯，我後來去了點字圖書館。」

「是狗狗耶。」

突然從下方傳來男孩的嗓音。

「哎呀，是哪家的孩子？」

「附近舊書店店長的兒子，他叫小風。我接下來要帶他去白銀公園，教他空手道。」

「哦，眞不錯。小弟弟，你幾歲了？」

「我五歲。」

「眞乖。我也可以跟著去公園嗎？我剛好想在外面呼吸一下空氣再回家。」

「好呀，當然可以。」

陽子偶爾會造訪白銀公園。這裡的距離剛好適合她在結束閉關趕稿時，帶安來散步。一到公園，陽子就在指引下，坐在長椅上。雖然已經傍晚了，不過公園內依舊從各處傳來不知疲倦的小孩喧鬧聲。

「這隻狗會咬人嗎？」小風詢問陽子。

「牠不會咬人。」陽子回答。

「可以摸牠嗎？」

這是陽子每次來到公園，百分百會被小孩問的問題。

「對不起，牠是導盲犬，是專門幫忙眼睛看不到的人的狗狗。」

「啊，導盲犬，我知道！」

「對，你眞厲害。導盲犬穿著這個導盲鞍的時候，就代表牠正在工作，大家不可以摸牠，也不可以和牠說話。相對地，我給你看一個有趣的東西。」

陽子拿出手機。這是她在公園讓小孩失望之後，時常使用的招數。

「小風喜歡怎麼樣的狗狗？」

「毛茸茸的白色狗狗。」

「我知道了，那我來問問看。ＯＫ，Google，尋找毛茸茸白色狗狗的影片。」合成的聲音回答：「找到以下影片」。陽子把手機畫面給小風看，小風立刻高喊「好厲害！」他追問：「不管我說什麼，這都能做到嗎？」

「不是所有事，不過它可以告訴你很多事喔。」

「我也想試試看。」

「好啊，你試著問問看。一開始要先說『ＯＫ，Google』喔。」

「ＯＫ，股溝，給我哆啦A夢！」

陽子和希子不由得笑出來。不過畫面上的確應聲顯示出幾支影片，看來喊「股溝」也沒問題。

「好厲害！」

小風興高采烈地接著問：「ＯＫ，股溝，告訴我媽媽現在人在哪裡。」

「這樣問，股溝也回答不出來喔。」

陽子耐心解釋。

「起碼要用媽媽的名字來問。如果小風的媽媽是名人，說不定它眞的會告訴你喔。」

「嗯，我知道了。ＯＫ，股溝，告訴我前澤友美在哪裡。」

「咦。」

陽子屛住呼吸。合成的聲音回答：「對不起，我不知道前澤友美在哪裡。」

「你說你媽媽叫什麼名字？」陽子詢問小風。

「前澤友美。她之前叫另一個名字，但現在變回原本的名字。不過媽媽說可能又會改成別的名字。」

「那是什麼意思？」

陽子的語氣變得咄咄逼人，讓小風有點膽怯地回答「不太清楚」。看到小風的樣子，陽子連忙道歉。她感受得到自己臉上的笑容多僵硬。

應該不可能，陽子這麼想。

不過，萬一——

「小風，你的爸爸叫什麼名字？」

「本間！」

小風恢復精神回答：「本間達也。」

「騙人的吧！」

陽子的叫聲響徹四周，公園裡頓時一片安靜。

「陽子，妳怎麼了？陽子，陽子！」

希子不停地呼喚陽子，陽子卻無法做出任何回應。

24

本間收到四則消息。

一則是來自前妻的LINE訊息，內容是他們出發前往美國的日期。

一則是房地產仲介的電子郵件，說「有買家對房子感興趣」。

一則是健康檢查的結果。

最後一則是來自希子的電子郵件，標題是「世界上還眞有這種事情」。

不論是哪一則消息，若在平日，都會是當天的大新聞，沒想到竟然四個消息一起來。讓不知從何下手的本間，感嘆世事往往不如人意。

本間自然不能就這樣放棄思考。他先回給房地產仲介，內容是「隨時歡迎看屋」。

接下來他點開前妻的訊息，標上已讀。出發日期是三個月後。本間翻開月曆，數起還剩下幾個星期四。十個，本間尋思自己能否在剩下的十個星期四內讀完《小王子》。不過如此一來，本間和小風見面次數只剩十次，倒數結束之後，小風就會離他而去。實在難以接受。

面對剩下兩則消息，本間稍作躊躇之後，先打開了健檢報告。此刻的他心情變得有點自暴自棄，只覺得「不論是胃癌還是肝硬化，都儘管來吧」。

檢查的結果顯示沒有異常。

本間頓時脫力地垮下肩膀。小鳩老師，拜託妳不要隨便嚇人啊，本間在心中埋怨著，看向店內的中藥特展區。從不安中得到解脫的本間，陷入一種像是賺到了，又像是虧大了的不可思議心情。

最後他打開了希子的電子郵件：

「您好，前幾天眞是嚇了一跳。就連局外人的我都如此驚訝，兩位當事人想來應該衝擊更大吧。

「如同當時所說，陽子小姐並不知道本間先生和友美小姐結婚的消息。不過她事後聯絡我，說都過去了，與自己無關，並不打算特地和本間先生見面。

「只是她表示小說中，只有友美小姐直接以本名登場，這點是自己的失誤，所以希望訂正成『慶子』（已修正）。

「另外，我們公司有位負責陽子小姐的編輯，他叫近藤，是和我同期進公司的同事。

「當近藤聽到這次的事情，建議陽子小姐也應該參加我們與本間先生書店合作的企畫。他的說法是『今後的時代不是屬於「見得到面的偶像」，而是「只有在這裡才能讀到的書店」！』。

「我雖然不太明白，不過如果本間先生有興趣聽來笑一笑，我能找個時間，帶著近藤到店內拜訪嗎？他本人充滿幹勁。

「我向陽子小姐提起我們合作的企畫，她似乎也頗感興趣。如果雙方都能把過去付諸流水，相見時不帶芥蒂，她表示願意和本間先生合作。不知道本間先生意下如何呢？

「以我來說，我也希望務必實現『舊書Slope』與『竹宮陽子』的合作！

「不過世界上還眞有這種事情發生呢。簡直就像中了魔法一樣，我到現在還是吃驚得不得了。附註：請告訴小風『下週也要特訓喔』。

祝好。」

本間敲下回信：

「您好，感謝來信。我也覺得像是中了魔法。

「近藤先生似乎是很有趣的一個人，請務必帶他來店裡瞧瞧。

「廣瀨小姐也請務必光臨本店（或者我應該稱呼她『竹宮小姐』比較好？感覺有點亂。畢竟在我的心中，她就是『廣瀨香澄』。我當然無意重提往事，敬請安心）。

「附註1：房地產仲介通知我，有人對這處房產感興趣。

「附註2：小風三個月後就要出發去美國，請問他能在那之前學完整套平安嗎？非常感謝妳的所有指導。

祝好。」

不對，差點忘了。

「附註3：差點忘了工作的聯絡事項。店內目前又推出兩個書展：與『水』相關的書展，以及出身貧困的作家書展。稍後再拍照給妳。」

本間把四件事處理完，開始思考是否該讓友美知道香澄的小說一事。畢竟對她而言，事情都過去了，就算現在告訴她，也沒什麼意義。而且本間也不想讓她以爲自己是在挖苦或找碴。只是兩人是同學，她也可能從本間以外的人口中得知消息。

最後本間還是附上網址，發訊息給友美。

「這是『盲人書評家・竹宮陽子』寫的短篇小說。故事中登場的『風間同學』是我，『慶子』是妳，『陽子』就是香澄。廣瀨香澄現在以竹宮陽子這個筆名活動，似乎就住在神樂坂一帶。」

本間發給友美的訊息立刻顯示成已讀。不知道她是用怎麼樣的心情，來讀這篇短篇小說。單純來想的話，整件事就是友美在得知本間打算向香澄告白後，決定先下手爲強。本間個人實在不願這麼想，畢竟這樣顯得自己好像有多受歡迎似的（實際上完全不是），不過依照時間順序，事情應該就是這麼一回事。

友美做下「我們一起放棄吧」的約定時，到底是放眼到多遠的未來呢？本間和友美的第一志願，校園分別在飯田橋和市谷，距離徒步可及。因此兩人在四月後仍會有接觸，也是完全在預想之內。

實際上，兩人都考上了第一志願的大學。在大學一年級的暑假，不知道是誰先提議，兩人以「交換資訊」爲名目，聚在水道橋的便宜居酒屋喝一杯。幾個月沒見，友美的穿搭變得時髦，整個人變得很有大人味。

兩個人都喝得爛醉。去完卡拉ＯＫ，兩人便跌跌撞撞進了本間的住處，上了床。兩人都是第一次。

隔天早上，友美注意到床單上有紅色污漬，害羞地說了聲「討厭」。

見到友美害羞的模樣，本間心中湧起憐愛之情。他不禁尋思，自己和友美爲何以前沒發展成這樣的關係呢？不過他隨即想到，至今爲止發生的一切，都是爲了眼前此刻所需要的助跑過程。在從窗簾縫隙照進的清晨陽光中，他再次抱緊了友美。時至今日，本間已經不記得，當時自己的腦海中，有沒有浮現過香澄。

現在回想起來，本間意識到當時正是自己青春時代中最燦爛的一幕。他完全不是受異性歡迎的類型，這輩子會愛自己的人，恐怕也就那兩人而已。然而……

本間用力地嘆了一口氣。

無論他等了多久，都遲遲等不到友美的回覆。

25

陽子早上醒來，卻沒說出「ＯＫ，Google」，而是躺在床上，陷入思緒好一會。陽子年輕時，每次睜眼就會尋找活著的意義，現在則是一睜眼就思索那兩人。

陽子並不怨恨他們，對他們也沒有憎惡的心情。只是剛起床的柔軟思緒，總是會不由自主地飄向「兩人是如何走到一起呢」的疑問。

高中畢業之後，陽子和友美見過一次面。當時是大學三年級的秋天，陽子為了職業訓練的集會來到東京，兩人約在有樂町的東南亞料理餐廳吃飯。

「好久不見，過得還好嗎？我最近慢慢在找工作，不過有夠讓人氣餒的。」

友美一如以往，語調明快地哀聲嘆氣。說話速度和還在家鄉的時候相比，似乎更快了一些。

吃完飯，友美送陽子回飯店。兩人相處了一個晚上，但是友美連本間的「本」字都不曾提起。當時的兩人是否已經開始交往了呢？還是說，兩人是在更久以後才再次相遇，並攜手直奔終點？

——直奔婚姻。

說到底，陽子在意的就只有這一點。與此相比，兩人怎麼走上離婚這條路，陽子幾乎毫不在乎。

「嗚——」

隔著門傳來安的叫聲。

「啊，抱歉抱歉。」

陽子爬下床，走向客廳。時間早已過了早餐時間。年紀變大，心情就無法像年輕時一樣快速切換，容易沉溺於一種情緒之中。

吃完早餐，陽子開始面對工作。她昨天收到近藤的新要求。

「可以把國中的盲人學校時期，重新改寫成獨立的短篇小說嗎？如果要整理成一系列的故事，照國小、國中、高中各一篇的方式來排，會比較好看。」

陽子答應後，近藤又提了一個要求：

「請把一個妳還留在手邊的東西，寫進小說裡當重要道具。有什麼合適的嗎？」

「我手上有國中時和室友一起錄製的廣播劇錄音帶，你覺得合適嗎？」

「感覺不錯，就用錄音帶吧。」

陽子開始打草稿。她就像巫女一樣，沿著通往看不見的世界的祕密階梯，一路往下深入。沒過多久，她便聽到室友們的聲音。高亢的聲音、雀躍的聲音、滲著汗水的聲音，好幾道聲音撼動著陽子的鼓膜。

接下來是風。一陣挾帶清新綠意的涼風，透過窗戶吹進教室，拂過陽子的臉頰。風中飽含著盎然生機，抽芽嫩葉的清甜香氣飄過鼻尖。

陽子和室友聊著天換教室，大家一起唱流行歌。

當時的感受逼眞地在陽子腦中復甦。

然而還不行，現在還無法成形，化爲文章。陽子必須繼續和她們在舊時校舍中玩鬧，待得更久一點才行。如此一來，文字就會自然而然地從腦海中湧出。

陽子在腦海中待一陣子，然後呼出一口氣，放鬆肩膀的力道，走向廚房。一旦知道她們在哪裡，要再去找她們就不難。

安跟著陽子進了廚房。陽子用快煮壺煮水，在等待一杯份熱水煮好的期間，便摸了摸安的頭。

一注進滾燙的熱水，大吉嶺紅茶的香氣便蒸騰而起。陽了抿一口茶，又開始尋思那兩人究竟是什麼時候開始交往。

這個疑問彷彿一直盤踞在房間的某個角落，伺機等待陽子放鬆思緒的瞬間。儘管陽子託希子轉達「無意重提往事，也不感興趣」，但自己看來並非真心這麼想。

假設兩人進大學後沒多久就交往，就代表陽子被騙了。更進一步地說，代表友美就是打著這個主意，才提議「我們一起放棄吧」。

不過這個想法的可能不高，畢竟與友美共度的三年高中生活中，陽子探測他人謊言的感應器從未被觸發過。

陽子再次拿起茶杯，喝了一口茶，然後愕然停下動作。

友美和兒玉的身影重疊了。

對等紅綠燈的陽子低語「現在綠燈喔」的兒玉。

在卡拉ＯＫ一邊哭，一邊說著「我們一起放棄吧」的友美。

有道是說謊像呼吸一樣自然，如果那兩人即使說謊，也不會感到任何良心苛責呢？如此一來，陽子的第六感當然不會起反應。

這種事情眞有可能嗎？陽子想告訴自己不可能，她想一笑置之，把這一切都當成可笑的妄想。實際上，陽子也沒有任何證據。到了最後，陽子開始覺得冒出這種想法的自己，是否在做人方面有所欠缺。

陽子把自己關在家裡，花了一整天來想草稿。

只要一分心，先前的猜想就會浮上心頭。陽子每次都會湧起彷彿雙腳陷入泥淖的心情，對工作造成影響，使陽子煩躁不已。

26

「喝下紅茶，再吃了點水果，才終於感覺自己像個人了。」

「我需要的東西不多：一天兩頓的美味餐點、香菸、令人感興趣的書，以及一點書寫創作。對我來說，這就是生活的一切。」

「正在讀《齊瓦哥醫生》。很有趣，但感受不到靈魂的震撼。」

本間坐在櫃檯後讀《碼頭日記》。每當他讀到一段非常有賀佛爾風格的文字，就忍不住感到一陣懷念。賀佛爾的文字簡潔明瞭，卻又擁有令人浮想聯翩的留白。

不過最令本間吃驚的是，五十六歲的賀佛爾在文中頻繁提及即將三歲的兒子。

6月12日　整個上午，我都在抵抗在幼兒園放學時去看艾力克的衝動。孤獨感放大了我對兒子的依戀。

6月15日　在回家的公車上，我的腦中突然浮現一個想法：我僅僅是爲了兒子一人，而誕生到這個世上。

6月22日　我滿腦子都是莉莉與兒子的事情。我已經採取控制措施（一週只見一次）。我不能見他們見得太過頻繁。我要獨自死去，即使現在感到寂寞，也已經太遲了。

11月28日　我一邊沖澡，一邊思考著兒子的事情。

這類敘述還有很多，不過本間在高中時，幾乎都直接讀過去了。嗯，男高中生對這會興趣缺缺也是理所當然。

本間久違地拿起這本書，發現自己或許意外地深受賀佛爾的影響。賀佛爾爲了追求理想的工作生活平衡，來到舊金山的碼頭；本間爲了追求理想的工作生活平衡，而遇見了這間店。這間店正是本間的碼頭。本間感到彷佛是香澄告訴了他這個道理。

香澄在短篇小說中，用「傳教士的熱忱」來比喻本間推薦賀佛爾的理由，本間認爲她形容得十分準確。沒必要想得太複雜，自己就是想把自己認定的好書推薦給別人，才會開了舊書店。這樣不就好了嗎？爲什麼自己會忘掉這麼簡單明瞭的道理呢？

本間繼續讀《碼頭日記》，發現這麼一段話：

「反正我也就再活兩三年，今後的人生大概就是每週在碼頭工作四天，進行零碎的思考與寫作，把錢用在和莉莉與兒子相處。生活中不會有熱中的事情、充滿希望的事情，或是預想外的事情，自己也不會有什麼成長。即使如此，我也撐得下去。」

本間讀到這裡，不禁覺得「我可撐不下去啊」。自己還想遇到更多熱中的事情、充滿希望的事情，以及預想外的事情。

此時，他忽然想起昨晚在梵谷信中讀到的一段話：

「我太老了，無法抱著其他想望，重新開始生活。這樣的希冀，已然離我遠去。」

對於不得不在過早的晚年寫下這段話的梵谷，本間不禁深感同情。不過這樣的同情大概只是生者的傲慢，自己總有一天，也會如曇花一現地消逝。

對於賀佛爾和梵谷「心懷死亡」的態度，本間懷抱著一種距離感。而對於懷抱著這種適度距離感的自己，本間感到一絲希望。自己還沒死，自己還能和這間店及書本們，一起找回初心。自己還有充分的時間，去打造出屬於自己的藍色。

下午的時候，希子帶著近藤來了。

「你好，我是近藤。啊哈哈，還眞的在搞書展的一千零一夜呢，簡直算是霸凌呀。」

「什麼霸凌啊，別再扯五四三的，趕快說明。本間先生也很忙的。」

近藤立刻收起插科打諢的態度。

「現在人們對互動型書店的需求高漲。」

他直截了當地切入正題。

「譬如可以過夜的書店，可以喝酒的書店，可以尋找閱讀同好的書店，可以和作者交流的書店，還有只賣一本書的書店，可說是五花八門。」

「只賣一本書的書店，是要怎麼一直賣下去？」

本間睜大眼睛發問。

「問得好。」

近藤唰地豎起食指。

「展示從書衍生的東西，販售特別裝訂版和複製品，讓作者親自到場吸引客人。繪本和藝術類書籍很適合採用這種方式，不過這種做法倒也不僅限於這兩種書。」

「原來如此。」

「我想和貴店合作嘗試的，正是採取這種做法。我聽說了你和竹宮小姐的過往。我這輩子當文學編輯，有這麼一句話，是我原本打定主意絕對不用的。不過唯獨這次，請容許我用這句話——現實可真是比小說更離奇啊。」

「哈哈哈。」

本間臉上浮現僵硬的笑容。

「簡單來說，這次的合作企畫有四個重點：只能在店裡讀到的書，只能在店裡看到的展示品，能親眼見到的作者，以及能親自遇見的登場人物。說到作家與作品的關係，如同杜斯妥也夫斯基所說——」

「好啦好啦，少扯別的，趕快說明企畫內容。」希子催促近藤說回正題。

「我這不是正在依序解釋嗎？呃——我剛剛講到哪裡啦……妳看，害我都忘掉了。」

「我就說了，是要講合作企畫的內容啦。」

「啊，對對對。」

「簡直像相聲呢。」本間笑著說。

「不這樣的話，這傢伙就會一直東拉西扯講下去。」希子翻了翻白眼。

近藤說下去。

「其實我現在正在請竹宮小姐依照國小、國中、高中，各寫一篇短篇小說。接下來還會請她寫大學時期的故事。也就是一個系列的短篇小說，內容描寫失明女性踏入社會之前的心路歷程。我打算讓大家暫時只能在這家店裡讀到這四篇小說。」

「什麼意思？」

「我打算把這四篇小說分別印製個幾本擺在店裡，然後在小學篇前面展示『米粒情書』的實物；在國中篇前面，則擺出竹宮小姐當年錄製的廣播劇錄音帶，讓大家聽；高中篇前面是展示本間先生送的白色洋裝；大學篇雖然還沒想好，但也會展示一些東西。

「我們會請客人付費入場，大家可以一邊喝咖啡，一邊盡情享受故事。故事讀一讀之後，可以欣賞一下展示品，欣賞完之後再繼續讀故事。我也會請竹宮小姐到場，與讀者交流。要是有客人迷上這個世界觀，還可以把限量版的簽名書買回家當作紀念。

「光是這樣的構想，就已經很有趣了，要是大家知道故事裡的風間同學，其實就是這家店的店長呢？絕對會在網路上被瘋狂轉傳吧。不過這個故事只能在這家店才讀得到，如此一來，客人就會殺上門啦。」

「聽起來確實是像夢一樣美好……」

近藤伸手制止吞吞吐吐的本間，開口詢問：

「二樓有辦法用嗎？」

「什麼？」

「我想把二樓改裝成咖啡店和展示空間，名字就叫做『神樂坂Book Labo』。『Labo』除了實驗室和研究室的意思，還有照片沖印室的意思。對於今後要以一本書與其衍生產品爲商品的書店來說，不覺得是絕佳的名字嗎？」

「確實是很合適，不過這樣一來，我要住哪裡好呢？」

「本間先生有什麼地方可以湊合嗎？眞的都沒辦法的話，還可以考慮我家。我家剛好有一張空著的沙發。」

希子用眼神向本間道歉，不過剛才聽近藤講解企畫時，本間就已經半下定決心了。

「我明白了，我會想辦法的。不過我也不可能就這樣叨擾近藤先生家。眞的要的話，我會去租公寓，或是用睡袋睡在店裡，反正總會有辦法解決的。我自己剛好也想挑戰一下。我雖然不像竹宮小姐那樣，但我也想試著打造屬於自己的藍色。那麼，二樓的改裝費大概會需要多少呢？」

「那個，這樣眞的好嗎？」

「你指什麼？」

「這麼快就決定。」

「當然。」

「真的沒問題嗎？」希子也露出擔心的模樣。

「沒問題的。」

「哎，真是出人意料。既然如此，我這就回公司安排人手。我們也會盡可能提供所有支援。」

「謝謝。不過這樣的話，貴公司的利潤要從哪來呢？光靠入場費和簽名書的收入，對你們S出版社來說，應該微不足道吧。」

「請不用擔心，我們會在造成討論之後，出書賣到全國的書店。講起來有點難聽，不過這邊的先行公開就是當作預覽試閱，算是一種嶄新的宣傳手法，因此也不太好和特定的新書書店合作。」

「我懂了，跟特定書店合作，可能就會引起別家書店抗議。」

「是的。出版成書的同時，我們也會推動影視和動畫改編。」

「廣瀨——應該說竹宮小姐，她已經同意了嗎？」

「當然，她現在正在執筆寫作。那麼我先告退了。」

隔天是星期四，所以本間去接小風。本間和小風會面次數，這樣就剩九次了。晚上本間躺在被窩中，讀《小王子》給小風聽。不到五分鐘，小風的眼皮就開始打架。

「好了，今天就讀到這邊。」

本間一闔上書，小風就立刻墜入夢鄉。

本間凝視著他的睡臉，一個想法浮上心頭。

——看來我的人生，是爲了在星期四替人朗讀而存在的。

27

家鄉的教育委員會透過希子，邀請陽子以來賓身分，參加一場面向國高中生的閱讀座談會。

「陽子，妳覺得呢？」

「當然是接囉。」

「我知道了。這次對方是看到我們家網站後決定聯絡，所以我也跟著一起去。」

「謝謝，我安心多了。」

「當日往返就好嗎？」

「嗯。會場在哪裡？」

「嗯——說是在市民會館。」

「哦，就在圖書館旁邊。」

「什麼，我超想看看圖書館！」

「沒什麼特別的，就只是一間普通的圖書館喔。」

「但圖書館是在作品中登場的地方呀，帶我看看嘛。」

「好吧，如果妳這麼堅持……」

活動當天，希子到公寓來接陽子。兩人搭計程車到新宿車站，再搭特急列車前往目的地。由於一路有希子的手肘可以倚賴，路途相當順利。陽子在指定座位上落坐，安也在陽子的腳邊趴下，列車便緩緩出發。距離目的地只有不到兩小時的車程。

陽子決定先塡塡肚子，於是拿起三明治。

「小說還順利嗎？」

「國中篇差不多快寫好了。」

「眞是期待。」

「接下來的大學篇還在構想階段。」

「近藤一直像在催促似的，眞不好意思。」

「不會啦，沒什麼。我只是一直在想，要用什麼來當大學時期的重要物品。雖然有盲用筆記型電腦，不過我之前一直找不到。」

「那是什麼呀？」

「簡單地說，就像是視覺障礙者專用的可攜型個人電腦。當然，那個時代的電腦還沒有通訊功能。

「盲用電腦有點字鍵盤和點字螢幕，大學上課可以用它做筆記，也可以當成備忘錄或記事本。盲用電腦也可以輸入點字檔，當成電子書使用。再來還可以輸入喜歡的歌詞，去卡拉OK就可以一邊用手指摸歌詞，一邊唱歌了。總之我不管去哪裡，都會帶著它。」

「眞是出色的搭檔，感覺有夠劃時代。結果一直找不到嗎？」

「我找了很久，最近終於找到了。」

「這樣的話，可以拿來當展示品嗎？」

「嗯，應該沒問題。這樣一來，我也可以開始構思草稿了。」

「太好了，那個絕對會是很棒的展示品。啊，妳要接著吃蛋沙拉三明治嗎？」

「嗯。」

希子把蛋沙拉三明治放進陽子手中。

「是說，本間先生決定要改裝書店二樓。他說雖然會沒地方可住，但是眞要的話，他也可以在店裡打地鋪睡睡袋。」

「是嗎。」

陽子的嘴角雖然揚起微笑，實際上卻有點詫異。她尋思本間應該不是這麼粗獷的類型。這句話當然也可以說很像本間會說的笑話，不過實際如何，陽子也無從分辨。畢竟二十二年的歲月，完全足以改變一個人的個性。

到了車站，兩人搭計程車直接前往會場。由於距離到會場報到，還有大約一小時的空閒，兩人便先去了圖書館。希子站在圖書館的門口，出聲詢問：

「這裡就是陽子送圍巾的地方，對吧？」

陽子點頭。當時的情景宛如昨天才發生一般，清楚浮現在她的腦海中。當時的他們就站在右邊的電燈下面。

「中庭的長椅是在哪邊？」

「那邊。」

陽子走在半步之前帶路。圖書館的每一條路，她都記得一清二楚。

「這裡，從裡面數來的第二張。時鐘還在長椅的正面嗎？」

「還在。」

「還是老樣子呢。我們總是坐在時鐘的正面。」

兩人走向長椅，坐了下來。

「很舒服的空間，景色也很棒。」

「據說當時請了有名的設計師來設計。」

「陽子就是在這裡，聽本間先生朗讀賀佛爾的書吧。」

「嗯。」

陽子吸了一大口空氣，用力閉緊闔起的雙眼，走下記憶的階梯。十八歲那年的夏天，一點也不像大人們說的「人生中最美好的時期」。自己到底該怎麼走接下來的人生？為了尋找這個問題的解答，陽子拚命翻遍各種書籍。書本就是陽子的老師，而本間替她找到了賀佛爾這位新老師。星期四的朗讀時間，夏天的氣味，本間的聲音，夏日的景色，從這裡望見的景色，是陽子最後的色彩世界。

「要到圖書館裡面看一看嗎？」

「不用，沒關係。」

「那我們差不多去會場吧。」

「嗯。」

兩人來到會場，向主辦者打過招呼，一位負責陪同的女性說明了座談會的流程。

「會場已經坐滿小孩跟家長。請告訴孩子們，閱讀是多麼美妙與重要的事情。」

陽子向她探詢了家鄉的狀況。這個小鎮毫不例外地有人口老化的現象，商店街上幾乎是一整排拉下的鐵門。

活動開始的時間到了，希子和安留在舞台側邊觀看。

活動順利進行，座談會上輪到陽子發言。在簡單的個人介紹，主持人將話頭交給陽子，陽子拿起麥克風。

「點字和普通的印刷字，在本質上並沒有任何不同。因爲閱讀的出發點是『讓生活變得更好』的心願，以及『想更了解世界』的好奇心。這兩點帶領我找到書本，這兩點使我走上了通往書本的道路。」

陽子重新握住麥克風，繼續說道。

「我不只一次想過『要是眼睛看得到，不知該多好』，如此一來，我就能讀到更多的書，擁有更多的邂逅。

「不管閱讀看起來有多麼孤獨，閱讀其實是一種連結。與作者的連結，與人的連結，甚至還有與自身回憶的連結。

「比方說，我在高中的時候，常常會去這後面的圖書館。當時我的眼睛幾乎快看不見，一位知道這件事的同學，就爲我找來艾力．賀佛爾的《碼頭日記》這本書，在中庭的長椅上讀給我聽。賀佛爾同樣在七歲失明，十五歲又恢復了視力。

「賀佛爾懷抱著孤獨靈魂生活。現在回頭一想，對那本書深有共鳴的同學，想必也懷抱著孤獨。我也因爲眼睛開始看不到，而處於不安的時期。可以說，我們各自帶著孤獨來到長椅上。

「不過在聽同學朗讀《碼頭日記》的時候，我一點也不孤獨。因爲當時的我確實與他人擁有連繫。我和賀佛爾與同學連繫在一起，和我的過去與未來連繫在一起。書本就是擁有這樣的力量。它能夠帶給我們力量，讓我們消化痛苦的過去，拓展不安的未來。

「各位都擁有能夠視物的雙眼，沒道理不善加利用。今天回去的時候，請大家前往一趟書店或圖書館。順帶一提，如果我沒記錯，賀佛爾的《碼頭日記》就放在C3的書架上。」

陽子垂頭致意，得到了熱烈的掌聲。看來自己成功與聽眾建立了連繫，陽子心想。

座談會結束後，陽子在休息室和其他來賓與工作人員聊天談笑。每個人都沉浸在座談會順利結束的餘韻。就在這個時候——

「香澄。」

從門口附近傳來聲音。陽子的心臟瞬間凍結。是母親的聲音。

「喏，我把盲用電腦帶來了。」

即使撞到桌椅也毫不在意的陽子——不如說她像是要撞開桌椅——急切地衝向門口。

「過來這邊。」

陽子把母親帶到走廊責問：「我不是叫妳用寄的嗎！」

「哼，眞拚命。妳就這麼以我爲恥嗎？睽違九年接到妳的聯絡，沒想到妳竟然是這種態度。還說什麼『與人的連結』，根本滿嘴扯謊。」

母親的聲音大得感覺能傳到裡面。陽子從她手中搶過盲用電腦，壓低聲音說道：

「快點回去，不要再聯絡我，也不要出現在我的面前。」

「態度眞踐啊，也不想想誰把妳養大的。什麼『書評家竹宮陽子』嘛。」

陽子的臉龐痛苦地扭曲，結果安發出陽子未曾聽過的低吼，衝向母親腳邊。母親噓聲趕牠，最終還是放棄，嘖了一聲離去。

「抱歉驚擾大家了。」

陽子低頭致歉，逃也似地離開會場。

她在回家的電車上，也向希子道歉。

「以前我向希子說母親過世了，眞是對不起，不過我並沒有說謊的意思。我在三十一歲時就和母親斷絕關係了，所以……要不是因爲盲用電腦，我大概不會聯絡她。」

「原來是這樣……好像害到妳，感覺眞是抱歉。」

「不，希子根本不需要道歉，是我自作自受，害妳看到不堪的場面。」

「我不知道妳們關係複雜，還輕率說出『請寫下令堂的事情』這種話，眞抱歉。」

「沒事啦，寫下來也有助於我下定決心。」

陽子感到自己有義務交代一切。

「我從大學畢業之後，就一直在福利事務所工作。我三十歲時，發現母親一直在花我的儲蓄。錢都花在菸酒和柏青哥上，說不定還有其他我不知道的。還有一件事不能隨便對外講，就是她還把我的殘障者優待計程車票劵拿去換錢。我當時氣炸了，就把存摺和印鑑都拿到公司藏起來，並向所長解釋情況，暗中準備搬出來自己住。我租了房子，趁母親不在時搬家，手機號碼一併換了。她雖然糾纏我好一陣子，但後來也死心了。」

「原來還發生過這樣的事情。」

陽子咬緊牙齒，試著忍住不讓眼中的淚水潰堤。然而沒花多少時間，眼淚就濡濕了她的臉龐。自己此刻的臉一定很醜。讓人看到這副悲慘模樣，不如一開始就不長眼睛還比較好，反正本來就是什麼都看不到的廢物。

希子溫柔地拍陽子的背。

「陽子在座談會上的話，實在是非常精采喔。陽子正是如我所想的人，是能向大家傳達書本的美妙，讓人們拿起書本的存在。這一切都是陽子經歷過的痛苦經驗匯聚而成，所有事情都有其意義。」

從希子的手擱在背上的位置，逐漸散發出暖意。這份溫暖讓陽子覺得自己就像哭累的小孩一樣，幾乎要就此睡去。

28

房地產仲介寄了一封郵件來，內容是「下週可以去看房嗎？」

慘了，本間喃喃自語。他把這件事忘得一乾二淨。他立刻回信：

「非常抱歉，後來事情有變，我臨時決定把店內二樓改裝成咖啡店和展示空間來拚看看……賣房子能暫緩嗎？這麼晚才說，實在非常抱歉。

「順帶請教一下，我現在沒有住的地方，請問能不能幫忙介紹盡可能便宜，又能騎腳踏車通勤到店裡上班的公寓呢？」

本間收到了回信。

「喔喔，原來是這樣啊！我明白了，我會先撤下賣房資訊。

「關於便宜的公寓，早稻田和高田馬場是學生區，有不少三萬多元起跳的公寓，隨信附上幾間公寓。不過有些是連這年頭的學生都敬而遠之的地方，所以請做好覺悟（笑）。如希望看房，歡迎隨時提出。」

本間點開郵件附上的公寓資訊。

高田馬場　徒步20分鐘　9平方公尺　4萬2千　無浴室　共用廁所

早稻田　徒步8分鐘　13平方公尺　4萬6千　無浴室　共用廁所

高田馬場　徒步12分鐘　6平方公尺　3萬2千　共用廁所無限使用！（免費）

特意標明廁所無限使用，代表還有些地方會收費嗎？本間試著用其他家房地產網站搜尋，查到的淨是類似的公寓。

「還是說房租要提高到四、五萬呢。」

問題是改裝費用。前幾天，透過近藤的介紹，一位名叫青山的人前來估價，據說是一位做咖啡店等裝潢的成功設計師。青山來店裡時，穿著連帽外套配棒球帽，一身輕鬆休閒的打扮，讓他看起來很年輕。不過實際上，他的年紀還比本間大上幾歲。

「這裡原本就是感覺不錯的老房子，不用改動太多就能改裝。」聽到青山這麼說，讓本間還有點期待，不過本間收到的報價總額是三百七十八萬。儘管金額還包含了咖啡店要用的桌子、燈光及各種器具，但如果加上搬家費和其他費用，金額將遠遠超過四百萬。

「這個金額果然還是有點困難。」

本間這麼告訴近藤。

「這樣啊，青山先生很優秀，掌握需求概念的速度也很快，可以的話，我是想拜託他啦……要不要乾脆用雲端募資試試看？」

本間搖頭，他對於這種方法有點退縮。有一百位贊助人的意思，就代表有一百位監視者，至少本間很難不去在意他們的「目光」。本間決心要做最後的放手一搏，想盡可能避免這種因素。

「話是這麼說，但是絕對不可以自己親手裝修喔。如果不死守神樂坂的味道，就太可惜了。」

本間明白近藤想說什麼。本間在學生時期，一聽到「有新開的選書系書店咖啡廳」，就一定會去瞧瞧。因此他自認能理解神樂坂的味道，和表參道及中央線風格之間的差異。用一句話來說，就是「高級住宅區與工商混住區的融合」。在玩心中，有高雅的調性；在古老風情中，又揉合了現代的感性。高檔店家是高檔店家，平民商店是平民商店，店家各自恪守本分的同時，不論店內賣的是烤雞肉串、法式料理、日式點心、雞尾酒、關東煮，還是甜點，大家都在各自的道路上追求極致，並對風流灑脫賦予現代詮釋——

這樣的感覺應該就是神樂坂一般給人的印象，書店的二樓必須成爲能自然融入此種氛圍的空間。

「但我實在拿不出四百萬啊。」

本間的牢騷迴盪在店內時，一輛計程車停在店門前，車子閃了雙黃燈後，一個男人下車朝店走來，原來是瀧川。

「你好呀，後來過得如何啊？」

「也沒什麼事，倒是你，車子停那邊沒問題嗎？」

「我只是稍微晃過來一下而已。剛剛才在前面讓一位客人下車。」

本間這還是第一次看到瀧川穿制服的樣子，他甚至還戴著白手套。

「其實我現在要把二樓改裝成咖啡店和展示空間，剛剛收到改裝的報價，說是要四百萬。再來就是我得從二樓搬出來了。」

「搞什麼啊，說沒什麼事，你這不是亂有事一把嗎。改裝費不考慮雲端募資嗎？」

本間露出苦笑。瀧川，連你也這麼說嗎。

「我不太喜歡那種感覺。」

「不過現在的雲端募資，對象可以僅限於朋友或認識的人喔。」

「咦，是這樣嗎？」

「就是像以前的互助會或標會那樣啦。有困難的人之間，大家彼此互相幫忙，不是很普通嗎？只是名字比較潮一點而已。」

「你爲什麼知道這種事？」

「你可別小看計程車司機的空閒時間。我可是不論休息時間還是假日，全都在看手機上的新聞。而且我以後轉成個人計程車司機的時候，也打算靠朋友間的雲端募資，把車換成Alphard的高級款，回饋禮就是免費乘車券。到時候就拜託啦。」

「嗯，到時候就交給我吧。不過你之前不是跟我說『最好趁早收店』嗎？說是這樣才能趁早停損。」

「是那樣沒錯，不過老實說，我希望你能連我的份一起努力。而且我說你啊，事到如今，你還有辦法回去當上班族嗎？個體經營和計程車，只要做個三天就會回不去了。」

「那倒是眞的。」

「小孩的事情，後來怎麼了？」

「我放棄了。我也寫信諮詢過你介紹給我的律師，對方說沒什麼勝算。」

「這樣啊。不過那個嘛，小孩只要長大——」

「叭——」一道喇叭聲從外頭響起。

「啊，糟糕。」

瀧川連忙衝向外面，一邊對本間喊：「要在朋友間開雲端募資的話記得說一聲，我這邊也會再聯絡！」

本間也走出店門送他，並向皺眉的賓士車司機點頭賠罪。

瀧川發動車子，再次閃了閃雙黃燈。不知道是向後面車輛道歉，還是向本間道別。閃爍明滅的車燈，令人聯想起瀧川毛毛躁躁的急性子，讓本間一陣好笑。出外果然是要靠朋友。因此即使是以雲端募資的方式，本間也不想和朋友有金錢上的往來。

只要把店面拿來抵押，應該能夠成功申請到貸款。之所以猶豫不決，是因爲本間沒信心能靠店內的銷售收入還款。

賀佛爾會怎麼做？

本間在胸中自問，結果得到這樣的答案：

「你一開始就不應該有店面。我不是說過很多次嗎？人要保持隨時都能去流浪的無拘無束。」

對不起，本間在心中道歉，然後叫出第二位賀佛爾。

我該怎麼做才好？

「去工作。我可是直到六十五歲，都還在碼頭上做體力活喔。」

嗯……

本間開始覺得爲了繼續開店而打工，並不一定是本末倒置。畢竟他在開店這件事上，感受到除了「讓店繼續營業」以外的其他意義。第一位賀佛爾也沒加以否定。

「對你來說很重要的話，就做吧。」

本間彷彿聽到了這樣的聲音。

他打開工會名冊，尋找專做網路販售的同業聯絡方式。

29

母親預料之外的突襲，讓陽子遲遲難以恢復過來。一想到自己的醜態，可能被希子及邀請她參加座談會的鄉親父老看見，打擊就更加沉重。

她甚至無法開始寫稿。此刻的她原本應該在寫大學時期的故事才對……

——到底要妨礙我到什麼程度？

陽子不禁這麼想。

然而，在苦惱中度日，陽子的心境也有了微妙變化。她開始懷疑，在自己與母親的關係之中，自己是否也有不足之處。

母親把她養大成人的恩情，以及給她帶來的痛苦，陽子把兩者放上天秤，然後選擇了斷絕關係。她一路以來都是這麼想，現在也不覺得當時的判斷有錯。那個時候，要是陽子不這麼做，她就會崩潰。

不過一再地像這樣，說服自己當年與母親切斷關係是正確的，說不定無法在眞正的意義上，清算兩人的關係。陽子的內心裡，現今仍有一處無底泥淖。她都已經四十歲了，竟然還要生活在恐懼之中，害怕不知道何時會再陷入泥淖中……

陽子重新清點她從母親那裡得到的東西。

食、衣、住、教育。以此爲由一次又一次的搬家與繁瑣的手續。剪指甲、剪頭髮。生日慶生。手工製作的提袋。修補衣服（高中時會喜歡上草木染，其實是受了裁縫學校畢業的母親的影響？）。生理痛的應對方法。醫院陪診。她還爲了陽子，衝到說謊的兒玉同學家罵人。除此之外，還有當面痛罵陽子，把陽子耍得團團轉，利用陽子。這些全是母親的所作所爲。她是一個喜怒無常，個性彆扭，時常說謊，時而溫柔的可憐人。

原諒她吧，陽子心中冒出這樣的想法。

起碼她想朝這個方向拓展心情。

如果即便如此，陽子心中的泥淖也無法填平，到時只能原諒母親，並與她訣別。

近藤寄來一封電子郵件。

「哎呀，中學篇的小説眞是太好了。『櫻花園』實在太好了，我的少女心整個怦咚怦咚地跳。眞希望能盡快聽到錄音帶。關於大學時期的故事，在下也會把脖子伸得比長頸鹿還長地引頸期盼。

「關於座談會，我聽希子閣下説竹宮小姐講得很棒。圖書館中庭的長椅也是個不錯的地方呢，來稍微利用一下好了。目前正在對此擬定策略中。

「本間先生爲了改裝二樓，做起了夜間保全的兼職工作。總覺得有點抱歉。不過他本人倒是意氣昂揚。大家一起來把企畫辦起來吧！」

陽子關上郵件軟體，靜靜地調勻呼吸。她久違地感受到心中湧起面對文字的幹勁。

陽子在心中閉上眼睛。她已經抓到訣竅了。

沒過多久，她便踏進過去的國度。過往的大學同學們正在其中自由奔馳。

最後一篇的草稿於焉起步。

30

本間搬家後的第一個星期四來臨。

他搬到一棟位於早稻田地區的公寓，距離上只要想要，就能步行到書店。雖然沒有浴室，但有可以無限使用的自己專用廁所。

本間向金融公庫申請貸款，負責人表示「審查應該沒有問題」。有不動產做抵押顯然非常吃香。

保全的兼職打工是每週三天，時間是晚上十點到早上五點。向本間介紹工作的工會同業建議「比較冷的冬天，可以每週只做兩天」。按照本間計算，即使書店最終還是回天乏術，照這個步調持續兼職的話，他也能在三年內還清貸款。

早上才剛結束保全工作的日子，本間就會到中午才開店。他依然持續推出新的書展，現在店內已經滿是手繪廣告。他也經常和設計師青山開會討論裝潢。要是有人要求到府收購舊書，本間就會出門買書。日子可說過得非常忙碌。

傍晚的時候，他出門接小風。

本間先帶小風到店裡，空蕩蕩的二樓似乎讓他玩心大起，只見他一會躺在地上滾來滾去，一會又翻起跟斗。地板似乎因此變乾淨了一點。

「爸爸，這邊會變什麼樣？」

「這邊以後會變成擺設畫與商品，可以一邊喝咖啡或果汁，一邊讀書的地方。」

「哎——好想看！能在我去美國前完成嗎？」

「啊——嗯，爸爸會努力。」

「待會還要去爸爸的新家，對吧？」

「嗯。」

「很大嗎？」

「大是不大。該怎麼說呢，是能和小風相親相愛的家喔。」

「好想快點去。」

「好，那我們就走。我們騎腳踏車。爸爸會騎很快，你要小心別被甩下來喔。」

兩人先去熱海澡堂洗了個澡，再前往公寓。本間有點忐忑，不知道小風看到兩坪大的房間會說什麼。

小風一進到房間，就喊了一聲「哇喔」。

「沒有很大呢。」

「是嗎？不過我爲小風買了這個喔。你看，新的鬆餅烤盤。」

「喔喔喔！」

小風預想以上的反應，讓本間湧起幸好有買的滿足感。

本間立即試著煎了兩片鬆餅。

「來，做好了。楓糖漿也新買了一瓶，今天特別准許可以隨便加。」

「耶——我開動了。」

小風張大嘴巴，吃了起來。

「怎麼樣，好吃嗎？」

「當然好吃了。」

本間瞇起眼睛看著兒子。小風不知道幾年後才會回國。兒子記憶中與父親最後的景色，將是這個寒酸公寓一事，讓本間有點落寞。他想讓小風看看脫胎換骨後，閃閃發亮的書店，以及在書店中努力工作的自己。不論是店，還是人生，都將迎來翻修改造。

本間寄信給青山和近藤。

「我想在兒子離開前完成改裝，請問來得及嗎？」

近藤回信給他。

「我正準備就內部裝修的事情與你聯絡。請問本間先生有興趣和青山先生一起到你家鄉的圖書館勘查嗎？其實前幾天，希子閣下陪竹宮小姐一起去過圖書館，她說那裡非常棒。我和青山先生討論過，看是不是能把那邊的景色融入二樓裝潢概念。說是再現可能有點誇張，算是借景吧。這次去是想豐富青山先生的構想，希望你考慮一下。」

本間雖不覺得那間圖書館是特別出色的場景，但不介意前往。他回了幾個日期。

場地勘查的成員是近藤、希子、青山、本間四人。

一行人一從車站搭上計程車，近藤就從副駕駛座轉過頭來說：「哎呀，我現在一整個像在聖地巡禮的心情。」

「這傢伙從昨天就嗨到現在，有夠煩人的。」希子抱怨。

拜訪隨處可見的地方圖書館，竟然能給人如此大的樂趣，這或許是優秀編輯的一種特質吧，本間如此尋思。故鄉被人稱讚的感覺不壞，但就像看到梵谷在信中大讚日本一樣，給人一種害臊忸怩的心情。

一行人一到圖書館，就先走向中庭。

「從裡面數來第二張、第二張……啊。」

近藤揚起小小的叫聲。那張長椅上，坐著一對高中生情侶。青山發出「喔」一聲。男生的額前垂著劉海，看起來是時下常見的纖柔類型；女生雖然膚色白皙，但看起來是感覺有在運動的活潑類型。兩人正在談笑，正處愛笑年紀的他們，談話間不時露出白皙的牙齒。

兩人雖然是高中生，但外表卻顯得比年齡年幼許多。

我們也曾經就像那樣呢，本間心想。心情先一步奔向大人的世界，但在旁人眼中，卻還是不折不扣的孩子。二十二年轉眼就過。如果告訴他們，從你們所在的地方，到我們所在的地方，只是短短一瞬間，不知道他們會露出怎麼樣的表情。

「啊，他們注意到我們了。」希子說道：「大家，快做出若無其事的樣子。」

本間和近藤馬上刻意聊起天，青山卻大步走向兩人搭話：「你們兩位是這一帶的高中生嗎？」青山向一臉驚愕的兩人說明原委，以不會拍到臉爲條件，徵得拍照同意。

青山向兩人提出問題：「你們常常來這裡嗎？」、「你們該不會對這張長椅情有獨鍾？」同時拉遠拉近地從不同角度拍攝照片。聽他們的說法，兩人都是鶴中的學生，是本間的學弟妹。女生是袋棍球社團的社員。本間不知道現在竟然有這麼時髦的社團。

「好了，謝謝你們。書店開張的話，我會再聯絡你，所以來交換一下LINE吧。」

由男生和青山交換了LINE。

之後，四人前往圖書館。希子站在門口，說「本間先生就是在這裡收到圍巾吧。」本間點頭。他回想起當時圍巾裝在紙袋，拿起來很輕，還讓他納悶地想「這會是什麼？」

「那條圍巾，本間先生現在還留著嗎？」

不，本間苦澀地搖頭回答。他和友美交往後的第一個生日時，友美送他一條新圍巾，因此舊的那條就被他處理掉了。

走進圖書館內，本間就去尋找《碼頭日記》。他找到了，不過是新裝版。書的周圍還擺了其他賀佛爾相關的書籍，連年輕一代寫的研究書都有。雖然久未接觸，不過得知賀佛爾仍是影響深遠的思想家，讓本間有點高興。

眾人各自心滿意足地逛了一圈，便叫了計程車，踏上歸程。大家在電車上討論起改修裝潢的概念，不知不覺就回到新宿車站。

近藤和青山都有事，便在車站告別離去。

「要稍微吃個飯嗎？」

本間在希子的邀約下，走進車站南口的沖繩料理店。兩人點了海葡萄、滷豬腳和山苦瓜炒蛋，舉起奧利恩啤酒乾杯。

旅程造成的疲憊，讓本間醉得特別快。

希子似乎也是如此。她睜著和平常相比，顯得有些矇矓的眼神，詢問本間：「我可以問一個問題嗎？」她又補充了一句：「一個非官方的問題。」

本間猜想得到問題的方向。

「本間先生對陽子有什麼想法呢？如果那個時候……」

她大概想說，如果沒有友美從中作梗。

本間陷入沉默。他的確想過要是考上大學，就向香澄告白。不過事到如今，就算說出來也不會改變任何事情。而且實在是太久以前的時光，本間現在已經缺乏實感，感覺當年的事情甚至像電影一幕。

本間知道希子聽了一定會失望，但還是開口回答：「我已經記不太清楚了，雖然我確實喜歡過她。」

「這樣啊。」

不出所料，希子一臉沮喪地喃喃低語。

當本間回到公寓，他發現友美來過電話。眞難得，他一邊這麼想，一邊回撥電話。

「喂？」友美接了電話。

「怎麼了？」

「我聽小風說了，聽說你要改裝書店？」

「嗯。」

「他還說你搬去很小的地方。」

「哈哈。」

本間肩膀一垮。小風果然這麼想。

「你有錢嗎？」

被友美這麼一問，本間頓時感到屈辱。

「……需要借你嗎？」

令人意外的一句話，讓他胸口湧起一股懷念之情。對啊，這才是本來的友美。兩人夫婦感情還很好時，友美總先替他著想。她就是這樣愛操心又樂於助人的溫柔女性。

「謝謝，不過我沒問題的。」

「是嗎。我已經辭職了，在準備一堆東西。」

「這樣啊。眞希望改裝能趕上，好想讓小風看看嶄新的店面。」

——還有嶄新的我。不過本間說不出口，感覺一旦說出口就會變得虛假。

「話說我看了香澄的小說。」

「哦，妳看了啊？」

「因爲你寄過來了嘛。想聽我的感想嗎？」

「想聽。」

「細節我已經忘掉了，不過那個時候，我們的確對彼此說了『我們一起放棄吧』。只是我並不是認眞的。我可能只是擅自認定，既然對方是香澄喜歡的男生，所以『我可能也喜歡上對方了』。畢竟當時有入學考試的壓力，大概算是一種逃避現實的妄想吧。那個年紀的女生就是會有這種傾向，你懂嗎？」

「好像懂。」

「我對你認眞起來，是來東京之後。雖然我沒說過，不過其實那個時候，社團有個前輩一直在追我。儘管他不是我喜歡的類型，不過後來我也開始萌生『乾脆交往一次看看好了』的想法。就在這個時候，我第一次在這邊遇到你，發展成那樣的事情，讓我想說『啊，就選這個好了』。」

「喂喂。」

「呵呵，不過我也想過，這樣對香澄有點過意不去。雖然我當下的心情並沒有騙人。在那之後，我和香澄見過一次面，但我沒說出和你交往的事情。你見過香澄了嗎？」

「還沒。」

「這樣啊。總之就是這麼一回事，要是被問到的話，就幫我好好解釋一下。雖然都過去這麼久了，還是會讓人有點良心不安。」

「我知道了。」

「那麼書店改裝，加油喔。」

「謝謝，晚安。」

「晚安。」

掛上電話，本間心中一陣感慨。「謝謝」、「晚安」，在他們的婚姻生活即將結束的時期，他們已經連這些問候都不再掛在嘴上。

——我們這不是還可能重新開始嗎？

本間費了一些努力，才擺脫掉這樣的錯覺。

31

陽子上傳了大學篇的小說稿件。

展示品也整套交出去了。

「考量到視覺障礙人士，我也想準備個三本點字書。」

由於近藤這麼說，他們便用點字印表機印出點字書，並由陽子親自觸讀校正。如此一來，陽子能做的工作都做完了，剩下就是等待書店開幕的日子。

「過來，安。」

陽子從沙發呼喚安，安就歡天喜地湊過來。陽子讓安躺在自己的大腿上，替安梳毛。

「抱歉，安，最近都沒怎麼理你，不過現在工作終於結束囉。這次我寫了四篇短篇小說，有點累，但我覺得自己好像有所成長了。安在這段時間眞乖。我能夠像這樣完成工作，都是多虧了安喔。謝謝你，安，我最喜歡你了喔。」

陽子能感受到安處於放鬆的狀態，陽子自己也是如此。此刻的自己彷彿剛穿越了洶湧的大海，駛進平穩港灣。自己說不定終於找到了屬於自己的碼頭，陽子心想。

現在的話，陽子覺得自己也許可以接受一切。

那天晚上，陽子給母親寫了一封信。

上面只寫了對於母親把自己拉拔長大的感謝之情。

信中沒有半點怨懟憤恨。

「雖然可能需要一些時間，但我希望總有一天，我們能修復關係，再次一起出去吃好吃的食物。」

陽子用這句話作結。

母親收到這封信，不知道會怎麼想呢？她會生氣，還是悲傷呢？陽子試著想像她的反應，內心卻毫無波瀾。

母親是母親，我是我。

陽子的心就像森林的空氣一樣澄澈。

陽子相信自己已經克服了高敏感者的困境。

32

在深夜的高樓大廈從事保全工作，就會陷入在如此超現實的時間，世界上只有自己一人還醒著的錯覺。

本間被分配到位於新宿的高層大樓。一開始，空蕩蕩的辦公室還會讓本間毛骨悚然。不過後來習慣之後，和書店顧店不同，可以四處走動的保全巡邏，剛好可以讓他打發無聊時間。

進休息時間，本間拿出手機搜尋。

「美國　調職　日本人小孩　霸凌」

他查到幾個日本人的部落格，上面都描述了調職到美國，小孩無法融入當地學校的情況。本間不禁皺起臉，想像小風在那邊的幼稚園不知所措的模樣。

上完夜班，本間回公寓睡了一下，就前往書店。

「你好。」

在店前休息的工人們向自己打招呼，於是本間也回道「你好」。本間已經事先把備分鑰匙交給工班，因此他們早早就開始工作。

青山從店裡探出頭。

「桐木送到了喔。」

他的臉上淨是藏不住的喜悅。

青山不時會來店裡查看進度，或是向工班下指示。今天似乎是他特別指定的地板木材到了，所以他特地跑來看。

決定設計成客人要脫鞋上二樓的的時候，青山這麼說過：

「地板要不要用桐木呢？我去住信州民宿的時候，他們常常是用桐木來做地板，感受眞的很棒。桐木因爲柔軟，容易刮傷，所以很少被拿來做地板；但相對地，桐木擁有非常溫暖舒適的質感，刮傷的痕跡其實自有一種韻味。」

本間馬上表示說好。老實說，他對材質其實不太清楚，不過他之所以去借貸，正是因爲相信青山的品味。

青山讓本間摸過桐木的木材後，本間回到櫃檯，打開筆電。只見來自近藤的郵件躺在信箱中。

「午安，我想和本間先生討論關於作品展示和入場費的事情。

「首先是展示方式，我們決定統整成一本小說。考慮到販售的話，這麼做也比較方便。文字排版抓一點餘裕感，全部總共一百二十八頁，書封採用布面紙，就像一本詩集一樣，絕對美呆了。本書可在店內閱讀，抑或買回家當紀念，另外也很適合買來當禮物送人。定價是兩千五百圓，書店的利潤爲三成，不知意下如何呢？（可商談）

「另外，二樓的Book Labo要不要改成免費入場呢？好不容易改裝了，比起貪小錢而讓客人跑掉，不如先誘使客人上來瞧瞧。如果客人看過展示品，產生對小說的興趣，再向客人收取五百圓的咖啡費用和閱覽費，本間先生覺得怎麼樣呢？」

「全都照你的提議。」本間寄出回信。整體的規畫就交給近藤了。

下午本間接受了食品衛生的講習課程，塡好要提交給衛生局的文件，並預約了現場稽查。此外，他還要向消防機關提出申請。

裝修工程進展迅速，在開工後第十七天就完成工事。

餐飲空間有兩張圓桌和六張椅子，此外還有一張木頭長椅。長椅的靈感來自圖書館的中庭，只要坐在長椅上，視線的前方正好會是青山當時拍下的高中生情侶黑白照片。照片旁邊還附上說明：「兩人實際共度朗讀時光時所坐的長椅。」

各項展示品也都以合適的方式展示出來。

小學篇的米粒情書是裱框展示。

「雖然情書在作品中，最後被撕成碎片，不過實際上，作者事後又用透明膠帶黏起來了。」作者如此留言。

「我還記得這封情書。用鑷子黏貼米粒的過程實在非常辛苦。」風間同學——舊書Slope店長留言。

國中篇的錄音帶被收在頗有年代的錄音機中展示。

「作者於國中時實際錄製的廣播劇，請自由播放。」

高中篇的白色棉質洋裝，則是用木製衣架懸掛展示。

「風間同學實際在丸井百貨替作者挑選的洋裝。」

大學篇的盲用筆記型電腦，簡直就像是電腦博物館的展示品一樣。

「沒有這台盲用筆記型電腦，我就無法展開我的大學生活。」作者留言。

等書印出來，本間打算把書擺放在三個地方。

一處是中央的主要展示台。另一處是長椅旁的花車。

剩下一處則是角落的書展空間。本間打算把書跟賀佛爾的《碼頭日記》並列擺在書展平台。這個書展只有兩本書，手繪廣告也完成了。

裝修工程完成的隔天是最後一個星期四。

本間買了便當和果汁，和小風先開了一個只屬於兩人的搶先招待會。小風坐在圓桌上，雙腳晃來晃去。

「啊——眞好聞。好像來郊遊一樣。」

小風心情大好地吃便當。

「小風，你喜歡嗎？」

「嗯，我喜歡。」

吃完飯，兩人前往熱海澡堂，並在洗完澡後踏上回公寓的路。

讓小風刷完牙，鑽進被窩，本間開始讀《小王子》。《小王子》還剩下十二頁，不知道有沒有辦法讀完呢？本間暗想。

還差一點就要到終點時，小風的眼皮已經快要闔上了。糟糕，本間連忙加快朗讀速度，終於念完最後一行。

「故事結束。」

本間闔上書，詢問小風：「小風，你覺得小王子怎麼樣？」

原本已經半睡半醒的小風睜大了眼睛。

「嗯——小王子可以和蛇講話，感覺很神奇。」

「很神奇吧。另外，小王子不是還說了嗎？當你感到悲傷時，就抬頭看看夜空中的星星，其中一顆就是他。爸爸也是一樣喔。小風去美國以後，要是寂寞，就抬頭看看夜空。小風覺得『就是這顆』的那顆星星就是爸爸。」

「嗯，我知道了。」

本間抱緊小風，嗅聞他頭髮的味道。這孩子是如此堅強，到美國也一定沒問題的，絕對如此。

第二天，本間晚上有班。他在休息時間隨手翻起小林秀雄的《梵谷的信》文庫本，結果發現梵谷寫了這麼一封信給西奧：

「你待我的種種好，從未像今天這般顯得如此巨大。你待我的好是眞的。不要因爲沒有任何結果而氣餒。你的善意永遠不會消失。」

想到梵谷被送進精神病院，傾聽死亡的腳步悄聲朝他走來時，還必須寫下這封信給弟弟，就讓本間胸口一痛。此時的梵谷因爲弟弟有了孩子，擔心弟弟寄給他的錢會變少而陷入不安。

在本間沒注意時，友美傳了LINE訊息給他。

「你還醒著嗎？」

「嗯。」本間敲下回覆。

「你後天要不要來成田一趟？小風最後想再看爸爸一面，我另一半也說想見見你。」

「知道了。」

那一天終於來了，本間搭上成田特快電車前往機場，前往指定的登機口。

——好吧，讓我看看是個怎麼樣的傢伙……

到了登機口，只見友美和小風，以及一個藍眼睛的男人站在那裡。

——外、外國人？

本間瞪大雙眼。男人的髮線後退得挺嚴重，頂上風景顯得有些荒涼，但確實是金髮。

「初次見面，我是麥克。」

男人伸手要求握手。「你好，我是本間。」本間也伸出手回握。對方的手相當厚實。

「麥克是波士頓人。」友美出聲介紹。

「我可沒聽妳說過他是美國人。」

「因為你又沒有問。」

本間聳了聳肩，然後拿出兩本書。「嗨，小風，我給你帶了一些書。」

兩本書分別是《十五少年漂流記》跟《小王子》。

「這兩本不是已經讀過了嗎。」

「之前讀的是爸爸，小風只是聽而已。等你能夠自己讀，就再讀一次看看。喜歡的書就是要讀上好幾遍，這是最好的方法，知道了嗎？」

「嗯。」

「到那邊去以後，要是寂寞的話，要怎麼辦？」

「看星星找爸爸。」

「這就對了。爸爸永遠會站在小風這一邊。小王子裡面不是也有提到嗎？真正重要的東西，用眼睛是看不見的。明白了嗎？最重要的東西，是用眼睛看不見的。所以爸爸跟小風的心，會一直被一條看不見的線連在一起，知道了嗎？」

「知道了。」

小風天真地點頭回答，本間注視著他的雙眼。

「要和小風分別，爸爸好寂寞。」

小風用清澈的眼睛回望著他，這麼說道：

「我也一樣唷。」

「小風……」

本間哽咽著抱緊兒子。小風剛才的確說了「我也一樣唷」，我們果然是貨真價實的父子。抱著這樣的想法，本間收緊了環繞在小風背後的雙手。

「唔，好難受喔，爸爸。」

「啊，抱歉抱歉。」

本間放開小風，站起身，用彆扭的英文向麥克開口。

「偶的兒子塔非常口愛，非常、灣美，非、非常……偶不會……」

可惡，話都卡著說不出來。本間放棄掙扎，低頭用日文說：「我兒子就拜託了。」結果麥克用流暢日文回答：「我明白了，小風的爸爸。小風非常可愛，我會照顧他。說定了。」

本間再次和麥克握手，然後向友美說「拜託了」。友美擦了擦眼角的閃光，點頭說「嗯」。

三人通過了登機口。

小風直到最後都還在揮著手。

沒過多久，本間最重要的實物，就從視線中消失了。

33

「神樂坂Book Labo」開幕的前一天，陽子去了髮廊。

當她回到家，泡了紅茶歇息，希子來聯絡說：「書已經印好了，現在帶書過去方便嗎？」陽子便回覆她：「當然可以。」

「希子要來喔。」聽到陽子這麼說，安就開始興奮得坐立難安。

不到十五分鐘，門鈴就響了。安馬上衝了過去。

「歡迎，請進。」

陽子打開門。

「妳好。」回應的卻是關西腔的嗓音，是近藤。

「喔？」

「不好意思，我們兩個人一起上門打擾。」

在後面的希子也走進門，然後發出驚訝的聲音：「咦，陽子，妳剪頭髮了嗎？」

「嗯，來吧，進來坐。」

安興奮地繞著希子的腳打轉。這也沒辦法，畢竟這還是安第一次在沒裝導盲鞍的情況下見到希子。

「乖，我也有帶點心給你。」

陽子領著兩人到餐廳。在廚房泡茶時，陽子尋思究竟發生了什麼事。空氣有點緊繃，難道有什麼問題嗎？

替兩人上茶，陽子也坐了下來。

「書印好了。」

近藤遞出書本。陽子接過書，感受布面紙封面的凹凸質感。

「綠色……？」

陽子撫摸書本，一邊詢問。「太神奇了！」希子驚訝不已。「妳怎麼知道的？」

「有時就是能隱約感覺到。咦？」

書名的文字底下有凹凸的顆粒起伏，是點字。陽子用手指撫過那行字，發現上面的字是「建藍」。陽子雖然有聽說要以這爲書名，但沒想到會在封面加上點字。

「哎，費用眞的不便宜，不過這次的體驗型企畫活動，當然不能少了點字啦。隔壁就是印刷街眞的是太好了。我哭著求人家，店家就幫忙想辦法了。凹凸不平的點字是做成木紋質感，綠色布料質地，配上木頭長椅，整體是以圖書館的中庭爲概念。」

書的形象逐漸清楚浮現在陽子腦海。書本的裝幀讓她喜歡得想把書緊緊抱在懷裡。

「好了，今日前來拜訪，爲的不是別的。」

希子用鄭重的語氣開口。

「其實我們有一件事必須向陽子道歉，還有一件事想拜託陽子。」

34

「神樂坂Book Labo」開幕日，本間一大早就起床了。他洗了臉，刮了鬍子，穿上昨天燙好的襯衫。

他咬著吐司，查看S出版社的Instagram。同步報告裝潢進度的圖片投稿有上千個讚。客人眞的會上門就好了，本間心不在焉地想。

吃完早餐，本間打開窗戶，望向天空。天氣眞不錯，此刻的小風想來應該在洛杉磯的藍天下，吃著鬆餅吧。沒想到兒子人在無法隨時見面的遠方，會是這麼難受。不過幸好麥克似乎是個好人。友美到底在哪裡遇到他的？

待在公寓也沒事可做，本間便出門前往書店。

到了書店前面，本間先從外面掃視了一遍整體模樣。

一樓雖然還是老樣子，不過二樓外牆重新漆成深邃的藍色，還掛上手寫的招牌：「神樂坂Book Labo」。光是這樣，就已經充分營造出書店咖啡店和展示空間的氛圍，青山的技術果然沒話說。

啪啪，本間朝著招牌，合掌發出清脆的聲響。

本間打開一樓店門，讓書呼吸早晨的空氣。他脫下鞋子，走上樓梯。赤腳踩在木頭地板上，從腳底傳來的感觸十分舒服。當初選用桐木眞是太好了。

二樓還有新鮮的木頭香氣。桌子是胡桃木材質，摸起來光滑厚重，令人忍不住想一直摸下去。

本間將昨天從S出版社運來的《建藍》一一擺設好。其中本間最喜歡的展示區，就是只屬於香澄和賀佛爾的書展展示區。書展標題是「看得見與看不見的奇蹟」。

香澄和賀佛爾的眼睛在十五歲恢復光明，可以說是奇蹟。

香澄的眼睛雖然看不見了，卻可以看到別人看不到的東西，這也是一種奇蹟。

據說眼睛本就是誕生於五億年前，宛如奇蹟一般的器官。

人們平常生活明明極爲仰賴這個器官，有事的時候，卻又會對「眞正重要的是看不見的東西」這樣的詞句產生強烈無比的共鳴，令人也覺得像是奇蹟一般。

這個世界就是如此充滿著看得見與看不見的奇蹟。

本間檢查了咖啡機的狀況。他還沒有心力講究咖啡豆和咖啡豆的焙度，所以咖啡店暫時是自助式的咖啡喝到飽。他按下按鈕，咖啡便注進杯中。看來應該沒問題。

本間在圓桌喝著咖啡，慢慢環顧整個地方。完成後的模樣比他想像的還要好。二樓的清新空氣，拯救了委頓的一樓。

開店十五分鐘前，本間聽到希子喊著「不好意思」的聲音，從店門口傳來。

本間下樓一看——雖然想也知道——希子和近藤之間，站著一位帶導盲犬的女性。

「好久不見了。」

香澄露出微笑。

「好久不見。」

本間也回以微笑，帶領大家走上二樓。

一到二樓，希子就牽起香澄的手，讓她摸畫框。「米粒情書就是裱框在這裡面喔。」

希子向香澄說明道。

「眞的耶。」

「然後這邊是錄音帶，妳要聽聽看嗎？」

「千萬不要，太害羞了。」

「喔，外面已經有人在排隊了。」

聽到近藤這麼說，本間跟著從窗戶往外看。店外已經有兩名女性客人。本間走下樓，邀請她們入內。雖然比預定時間早三分鐘，不過「神樂坂Book Labo」正式開幕。

在這之後，雖然人數不多，但客人不曾中斷。有些人看到Instagram特地前來，有些人剛好路過，也有些是S出版社的人過來看狀況。

「那我還有事情要辦，就先回公司了。」近藤這麼說。

「我知道了。七瀨小姐呢？」

「我今天可以一直待在這裡。」

「那可眞是幫大忙了。」

多虧希子待在二樓，本間才能專心在一樓結帳或整理客人的鞋子。不過他因爲想知道客人在二樓是如何渡過時間，每十五分鐘就會上樓一趟。

有些人坐在桌前看書，有些人站著欣賞展示品。

當客人詢問問題時，希子就會解釋作品誕生的前因後果，或是說明展示品。她有時也會參與香澄與客人之間的交談，或是幫忙換咖啡豆。

只要有人買書，香澄就會簽名作爲回禮。客人希望的話，也會和客人一起合照。導盲犬一直靜靜趴在她的腳邊。

客人逗留的時間約是三十分鐘到一小時。一半以上的人都買了《建藍》。

希子下去休息時，就換本間上二樓。

他在客人面前會用「竹宮小姐」稱呼香澄。「竹宮小姐，麻煩妳簽名了。」、「竹宮小姐，客人有個疑問。」、「狗狗不用去上廁所嗎？」

兩人的距離隨著每一次交談拉近，最後他終於習慣與香澄共處同一個空間。他聽著香澄與客人的對談，感受到香澄秉持著自我，隨著歲月增長，逐漸成爲「竹宮陽子」。要一邊保護著自己柔軟的一面，同時變得更堅強，不知道到底多辛苦。

「咦！」

在桌邊讀《建藍》的二十幾歲女性客人揚聲驚嘆。

「這是你們兩位的故事嗎！」

「是的。」

本間浮現苦笑。

「哎！也就是說，你們兩位在這個故事之後，就在一起了嗎？」

「很遺憾。」本間搖了搖頭。

「可是可是，」她往前靠，繼續追問：「這樣的話，爲何你們兩位現在會在這裡？」

「那又是另一個故事了。」

「哎。超在意。」

她買了書，然後說希望拍一張香澄和本間的兩人合照。

喀嚓。

「我可以把這張上傳到社群媒體上嗎？」

「可以替我們宣傳一下的話，當然沒問題。」

她回去之後，本間用「神樂坂Book Labo」進行搜尋，立刻找到她上傳的照片。標題是「簡直是奇蹟！」。這是兩人自高中大頭貼以來第一次拍合照。本間的微笑一如當時，顯得有些彆扭。

三點時，小鳩老師帶著花束上門。

「嗨，恭喜開幕呀。」

「謝謝。說起來，上次我照老師的建議，做了一次健康檢查。」

「結果如何？」

「健康到令人懷疑起醫生和儀器的性能。」

「那不是太好了嗎。你就當買個安心囉。來，我來看看樓上的樣子。」

小鳩老師上二樓後不久，樓上就傳來聊天聲。看來正開始舉行一場即興診斷會。本間上樓一看，只見女性們都凝神傾聽。看來下一位獨占這個空間的人，說不定就是小鳩老師了，本間心想。

傍晚時分，在圖書館答應當照片模特兒的高中生情侶大老遠地來了。

女生見到黑白照片就發出驚嘆。

「這不是我們兩個嗎！」

「眞的耶。」

兩人望著照片。看起來簡直不像我們，女生如此喃喃低語。

兩人一起坐在長椅上，讀起《建藍》。

過了一會，兩人讀完小說，女生開口說道：

「原來你們兩位身上發生過這樣的事情。」

眼眶泛淚的她所擁有的純眞感性實在太過耀眼，讓本間難以直視。他沒向兩人收咖啡費用和閱覽費，還各送一本《建藍》讓兩人當紀念。

天色暗下來的時候，近藤回來了。

「辛苦了，情況如何？」

「托福，賣了二十七本《建藍》，還趁勢賣了五本賀佛爾。」

「那可真是厲害。」

近藤瞥一眼鞋櫃。「二樓的人口密度看來有點高，我就待在一樓看書吧。」他說完就站著看起書來了。

二樓傳來桐木地板的咯吱聲，以及細碎的話語聲。

──店裡有人，真好。

本間細細品嘗這份幸福。他拿起手機一看，發現瀧川傳了LINE訊息給他。「生意興隆啊！我從Instagram上看到了。雖然我今天要出車，沒辦法過去捧場，不過我明天會過去買個十本，給我準備好喔。」

友美也傳了附上影片的訊息。影片中是向自己祝賀「爸爸好厲害！恭喜！」的小風。本間將這段十秒左右的影片播了一遍又一遍，每看一次就笑得合不攏嘴。

晚上八點，本間送走最後一位客人後關店。之後，大家在二樓舉辦了小小慰勞會。

「哎，非常成功呢。」近藤打開一罐啤酒。

「兩位都辛苦了。」希子說道。

「希子才是，今天一直站著，應該很累吧。不過我還是第一次和這麼多人說話，實在是充滿刺激呢。」

「陽子今後打算多久來一次？」

「我甚至在考慮每天都來呢。畢竟能夠和讀過作品的人當場交流，這樣的機會實在不多。而且我也知道到這邊要怎麼走了。」

「那麼今後就交給兩位了。」

希子說道。「日程安排如果確定，請跟我說一聲。我會隨時把『作者現在就在店裡！』的資訊更新上去。那麼，接下來跟本間先生報告一聲之後，我們就告辭了。」

在希子的催促之下，近藤小聲地清了清喉嚨。本間詫異地盯著兩人，不確定接下來要發生什麼事。

「其實我們要結婚了。」

「咦！」

「現在回想起來，一切的開始正是六年前，我在新人研習上第一眼見到希子閣下的時候就已經墜入情網，接下——」

「這個就不用提了！所以，本間先生，很抱歉直到現在才告訴你。」

「不，我倒不會在意，不過、嗯，這樣啊。恭喜！妳之前就知道了嗎？」

本間詢問香澄。

「嗯，因爲他們昨天拜託我在婚禮上演講。」

「就是這麼一回事，我們想要請兩位來參加我們的婚禮。」

「當然沒問題，榮幸之至。」本間回答。

「謝謝。那麼我們兩個就先告辭了。」

兩人離開後，本間率先開口：「眞驚訝，妳有注意到嗎？」

「沒有，不過我可能有種預感，覺得這兩個人要是在一起就好了。畢竟他們兩人間，有種像把他們串流在一起的迴路。」

「眞是敏銳啊，一如以往。」

講到這裡，本間頓時不知道該怎麼接下去。只要一開口，感覺就會重提舊事，所以本間選擇沉默。

結果香澄開口了。

「吶，今天是星期幾？」

「呃——是星期四。」

「那就讀給我聽吧。」

「什麼？」

「星期四是什麼日子？」

「啊，對喔。」

本間牽起香澄的手，領著她走向長椅。和當時一樣，她坐在右邊，本間坐在左邊。他翻開《碼頭日記》，開啓睽違二十二年的朗讀時間。

那一年的夏天浮現心頭。潔白的雲朵，茵綠的草坪。在那段時日中，還是無名小卒的兩人，決心要在空白的畫布上，建立屬於自己的藍色。儘管在那之後，兩人分別踏上不同道路，本間現在依然覺得，自己與她之間有一種連繫，近似於對在相同航路上共乘，見過同一片景色的人所抱持的信賴。

本間一邊朗讀，一邊對於能再次擁有星期四的朗讀對象，感到十分開心。最終他闔上書，說出和當時一樣的台詞：「好了，今天就讀到這裡。」

「謝謝，很高興能再次見到你。」

香澄揚起微笑。

本間也笑著回答。

「**我也一樣唷**。」

NIL 42／神樂坂的緣分星期四

作　　者／平岡陽明
翻　　譯／鍾雨璇
責任編輯／詹凱婷
總 經 理／陳逸瑛
榮譽社長／詹宏志
發 行 人／涂玉雲
出 版 社／獨步文化
城邦文化事業股份有限公司
104台北市中山區民生東路二段141號5樓
電話：(02) 2500-7696　傳眞：(02) 2500-1967
發　　行／英屬蓋曼群島商家庭傳媒股份有限公司
城邦分公司
104 台北市中山區民生東路二段141號2樓
網址／www.cite.com.tw
讀者服務專線／(02) 2500-7718：2500-7719
服務時間／週一至週五：09：30～12：00　13：30～17：00
24小時傳眞服務／(02) 2500-1900：2500-1991
讀者服務信箱E-mail／service@readingclub.com.tw
劃撥帳號／19863813
戶名／書虫股份有限公司
香港發行所／城邦（香港）出版集團有限公司
香港灣仔軒尼詩道235號3樓
電話／(852) 2508-6231　傳眞／(852) 2578-9337
E-mail／hkcite@biznetvigator.com
馬新發行所／城邦（馬新）出版集團
Cite(M)Sdn. Bhd.(458372U)
11, Jalan 30D/146, Desa Tasik, Sungai Besi,
57000 Kuala Lumpur, Malaysia.
Tel: (603) 9056-3833
Fax:(603) 9056-2833
email:cite@cite.com.my
封面設計／蕭旭芳
排　　版／游淑萍
印　　刷／中原造像股份有限公司
●2023（民112）7月初版
售價380元

ISBN　9786267226568
ISBN　9786267226605（EPUB）

國家圖書館出版品預行編目資料

神樂坂的緣分星期四 / 平岡陽明著；鐘雨璇譯．–初版．– 台北市：獨步文化，城邦文化出版：家庭傳媒城邦分公司發行，民112.07
面　；　公分．--

ISBN 9786267226568（平裝）
861.57　　112007881

獨步文化
APEX PRESS

廣告回函
北區郵政管理登記證
台北廣字第000791號
郵資已付，免貼郵票

104台北市民生東路二段 141 號 2 樓

英屬蓋曼群島商家庭傳媒股份有限公司

城邦分公司

請沿虛線對摺，謝謝！

獨步文化
APEX PRESS

書號：1UY042　**書名：**神樂坂的緣分星期四　**編碼：**

請於此處用膠水黏貼

獨步文化 APEX PRESS

讀者回函卡

謝謝您購買我們出版的書籍！

請費心填寫此回函卡，我們將不定期寄上城邦集團最新的出版訊息。

姓名：__________ 性別：□男 □女

生日：西元______年______月______日

地址：__________

聯絡電話：__________ 傳真：__________

E-mail：__________

學歷：□1.小學 □2.國中 □3.高中 □4.大專 □5.研究所以上

職業：□1.學生 □2.軍公教 □3.服務 □4.金融 □5.製造 □6.資訊

□7.傳播 □8.自由業 □9.農漁牧 □10.家管 □11.退休

□12.其他__________

您從何種方式得知本書消息？

□1.書店 □2.網路 □3.報紙 □4.雜誌 □5.廣播 □6.電視

□7.親友推薦 □8.其他__________

您通常以何種方式購書？

□1.書店 □2.網路 □3.傳真訂購 □4.郵局劃撥 □5.其他

您喜歡閱讀哪些類別的書籍？

□1.財經商業 □2.自然科學 □3.歷史 □4.法律 □5.文學

□6.休閒旅遊 □7.小說 □8.人物傳記 □9.生活、勵志 □10.其他

對我們的建議：__________

為提供訂購、行銷、客戶管理或其他合於營業登記項目或章程所定業務需要之目的，家庭傳媒集團（即英屬蓋曼群島商家庭傳媒股份有限公司城邦分公司、城邦文化事業股份有限公司、書虫股份有限公司、墨刻出版股份有限公司、城邦原創股份有限公司），於本集團之營運期間及地區內，將以mail、傳真、電話、簡訊、郵寄或其他公告方式利用您提供之資料（資料類別：C001、C002、C003、C011等）。利用對象除本集團外，亦可能包括相關服務的協力機構。如您有依個資法第三條或其他需服務之處，得洽詢本公司服務信箱cite_apexpress@cite.com.tw請求協助。相關資料不提供亦不影響您的權益。

□我已詳讀權利義務之相關條款，並同意遵守。

請於此處用膠水黏貼

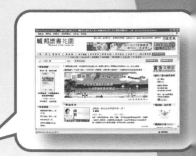